Hana Yaoi

Lovenest 1

Hana COLLECTION

www.boys-loves.tr

Responsable Editorial & Production : Tony
Traduit du japonais par Laurie Asin
Maquette : Justine Mouron
Relecture : Aurélie Valognes

Dépot légal : Janvier 2021

ISBN 978-2-36877-763-3

Imprimé par GZ Digital Media as

FLAP...
CARESSE...
DÉSOLÉ...
Le lendemain...
Asahi a mangé le curry que je lui avais préparé la veille.
Et il l'a trouvé bon.
J'AI VU QUE T'AVAIS CHANGÉ MES DRAPS ?
BOBOM !
EUH, OUI, J'AI MIS LES MIENS EN MÊME TEMPS...
AH !
J'AI FAIT PLEIN DE CURRY, N'HÉSITE PAS À TE RESSERVIR, HEIN, ASAHI ?
Merci.
AU FAIT, MASATO...
EUH... OK ?
FIN

HAA...
HAA...
HA HA...
MAINTENANT, C'EST SÛR QUE SES DRAPS AURONT MON ODEUR...
Ça lui apprendra ! ♡
GLONG
GLONG
Vite, dodo
AAH... JE SUIS NAZE...
JE PRENDRAI MON BAIN DEMAIN.
CLAC !
MM MH...
?
ZZZZZ
ARGH !
AL-LONS BON...
JE ME DEMANDAIS JUSTEMENT S'IL ÉTAIT EN TRAIN DE DORMIR DANS SA CHAMBRE...

HAA...
NHH...
Ça donne tant de plaisir que ça de se mettre un doigt ?
NNNH... HH...
Dans ce cas, aug-mente la dose...
FLOUP
FLOUP
AH...
HAA...
NON, C'EST PAS ASSEZ...
Un seul doigt, c'est pas assez, non ?
HAA...
はあ
HAA...
はあ
JE VEUX ALLER JUSQU'AU FOND...
FLUIP
FLOUP
AAH...
ASAHI...
TREMBLE
AH...
NNH...
FLAP
ÇA VIENT...
ÇA...
BOBOM
BOBOM
FLUIP

BOBOM
BOBOM
GLISSE...
FOUIP
NH...
BOBOM
MINCE...
Quand je repense à hier...
HAA...
NHH...
FLOUP...
FLUIP...
Tu bandes toujours quand on te chatouille, toi ?
NH...
HH...
MMH...
FLAP
FLAP
HH...
FLAP
Où est-ce qu'ils sont, tes autres points sensibles ?
Montre-moi, Masato.
J'ai encore l'impression...
De sentir ses mains sur moi...
AH...

C'est pas parce qu'on a couché ensemble une fois que ça fait de lui mon petit ami.
Pas la peine de te faire des espoirs, abruti.
.....
PLAF !
BORDEL ! C'EST LUI L'ABRUTI !!
DÉSOLÉ D'AVOIR DES SENTIMENTS POUR TOI, HEIN ! CRÉTIN D'ASAHI !
POUR LA PEINE, JE VAIS FOUTRE MON ODEUR SUR TON OREILLER !
Bon, je viens de prendre mon bain, mais bon !
FROTTE
FROTTE
HAA...
Ça sent légèrement le tabac...
Quand je pense qu'Asahi dort ici tous les soirs...
Fuip...
BOBOM !
Tu as l'air drôlement sensible...

Episode 5.5
LOVENEST
MH... ÇA SERA SUFFISANT, COMME ÇA ?
J'AI RÂPÉ LES CAROTTES ET J'AI BIEN CUIT LES OIGNONS JUSQU'À CE QU'ILS SOIENT FONDANTS...
IL N'AIME PAS QUAND IL Y A TROP DE LÉGUMES DANS LE CURRY...
Ça ira, ça ?
BLOUP
BLOUP
DRIIIING !
AH, ASAHI ! TU RENTRES BIENTÔT ?
J'AI PRESQUE FINI DE PRÉPARER LE REPAS !
Désolé, Masato…
Je suis obligé d'aller dîner avec un client en ville…
Ne m'attends pas pour le repas.
QUOIIII ??
MAIS C'EST TOI QUI M'AS DIT QUE TU VOULAIS MANGER UN CURRY !! JE ME SUIS FAIT CHIER À EN FAIRE UN EXPRÈS !
Désolé… Je le mangerai demain.
Je rentrerai sûrement tard.
BYE !
BIP !
TUUUUUT TUU-
TUUUUUT
FIOU...
Bon, c'est pas la peine d'être déçu pour quelque chose d'aussi trivial...
C'est le boulot, on y peut rien.

J'ai été appelé par un client
alors j'ai dû partir.
Je veux manger du
curry pour le repas

JE TE LE DIS TOUT DE SUITE, MAIS...
JE N'AI TOUJOURS RIEN PARDONNÉ.
À suivre...

OUI...
JE PENSE RENTRER AU JAPON À LA FIN DU MOIS.
HA HA HA ! J'AI HÂTE DE REVOIR MON FRANGIN.
OUI...
AU FAIT...

BIP
BIP
BIP
BIP
BIP
BIP
BIP
BIP
BIP
BIP...
7:00
J'AI MAL PAR-TOUT...
POUF
IL EST PAS LÀ...
CRIIIC
J'ai été appelé par un client alors j'ai dû partir. Je veux manger du curry pour le repas
C'EST QUOI, ÇA ?
Sérieux...
IL AURAIT PU DIRE UN TRUC COMME «C'ÉTAIT GÉNIAL, LA NUIT DERNIÈRE»...

SÉ-RIEUX ...
TU SAIS COMMENT M'EXCITER, TOI...
WHAM
AAAH !
GHH...
HAA...
AH ...
ASAHI...
TREMBLE
TREMBLE
HAA...
ASA... HI...
HAA...
RE-GARDE-MOI,
MASATO...

ALORS DÉPÊCHE-TOI...
J'AI ENVIE DE TE SENTIR EN MOI...

FLOUP
FLOUP
HAA...
FLOUP...
NNH...
AAH...
DIS DONC, POUR QUELQU'UN QUI COUCHE SOUVENT AVEC DES MECS, JE TE TROUVE DRÔLEMENT SERRÉ.
Je le fais bien, ça va ?
HAA...
FLOUP
FLOUP
HAA...
ÇA FAIT LONGTEMPS QUE J'AI PAS ÉTÉ PRIS PAR DERRIÈRE...
HAA...
C'EST POUR ÇA...
FLOUP
AH...
HAA...
D'HABITUDE,
JE SUIS TOUJOURS AU-DESSUS...
Ah bon ?
DÉSOLÉ, JE PENSAIS...
C'EST PARCE QUE...
JE NE VEUX PAS ÊTRE PÉNÉTRÉ PAR UN HOMME DONT JE NE SUIS PAS AMOUREUX...

BEN... JE SUIS ASSEZ MUSCLÉ...
ET J'AI UNE BITE, MOI AUSSI...
JE VOULAIS PAS QUE TU DÉBANDES EN VOYANT ÇA...
RETIRE
AH !
IDIOT... JE SAIS TRÈS BIEN QUE JE SUIS EN TRAIN DE COUCHER AVEC UN MEC ET CE QUE ÇA IMPLIQUE.
MONTRE-MOI TOUT.
GRIP
DÉSOLÉ, MAIS EN FAIT, TU M'EXCITES TELLEMENT QUE ÇA FAIT DEPUIS TOUT À L'HEURE QUE JE NE DÉBANDE PAS.
Tu vois ?
REGARDE, SI TU NE ME CROIS PAS.
....!

FLOUP
J'AI PLUTÔT ENVIE...
QUE TU ME PRENNES ICI...
BIP
LUMIÈRE...
!?
ATTENDS ?! POURQUOI T'ALLUMES LA LUMIÈRE ?
Ben...
JE VOULAIS VOIR QUELLE TÊTE TU FAISAIS EN DISANT UN TRUC AUSSI COCHON.
QUOI ?!
ARGH !
C'EST POUR TOI QUE J'AVAIS ÉTEINT LA LUMIÈRE ! PARCE QUE C'EST TA PREMIÈRE FOIS AVEC UN MEC !
QUEL RAP-PORT ?

T'AS L'AIR DRÔLEMENT SENSIBLE.
REMARQUE, DÉJÀ QUAND JE T'ESSUYAIS LE CORPS L'AUTRE JOUR, TU TREMBLAIS...
ÇA... ÇA VA, LA FERME...
C'ÉTAIT PARCE QUE J'ÉTAIS CHATOUILLEUX...
SLURP
AH...!
BISOU
NNNH...
BISOU
BOBOM
BOBOM
FLAP
GLISSE...
TU BANDES TOUJOURS QUAND ON TE CHATOUILLE, TOI ?
BOBOM !
......
AH...!
N... NON...
ASAHI... ME TOUCHE PAS...
MMH...
T'ES PAS...
OBLIGÉ DE ME TOUCHER LÀ.
TOURNE

ALORS... C'ÉTAIT QUOI LE MEILLEUR, AVEC LES PROS OU AVEC MOI ?
VOYONS VOIR...
SI JE DEVAIS CLASSER, TU ARRIVERAIS DANS LE TOP.
PFF...
TU AURAIS DÛ CARRÉMENT DIRE QUE J'ÉTAIS LE PREMIER DU CLASSEMENT.
BISOU
BISOU
BISOU
BOBOM !
... NH...
POUIC
POUIC
AAH...
POUIC
BOBOM

CARESSE
SLUUUURP...
MMH...
......
POUSSE
AAH...
FUAH...
KHOF...
AT... ATTENDS... J'AVAIS PAS TERMINÉ...
KHOF !
PLAF
TU VOULAIS TERMINER AVEC UNE FELLATION ?
AH...
JE VOIS, T'AVAIS PEUR D'ÊTRE EM-BARRASSÉ EN ÉJACULANT TROP TÔT PARCE QUE C'ÉTAIT TROP BON ?
HA HA !
TU VAS LE REGRETTER.

SLURP
SLURP
SLURP
MHH...
HAA...
HAA...
ELLE EST ÉNORME...
LA VACHE...
J'AI LA BOUCHE REMPLIE...
FRISSON
GLOUPS
SLUUURP...
T'AVAIS RAISON...
SLURP
SLURP
T'AS BIEN PERFECTIONNÉ TA TECHNIQUE DE FELLATION,
MASATO...
SLURP
FLOUP...

TU ES VRAIMENT UN IDIOT...
TU LE SAIS, HEIN ?

Malgré tout...
SI JAMAIS IL Y A UNE PETITE CHANCE QUE TU TOMBES AMOUREUX DE MOI... ÇA VAUT LA PEINE D'ESSAYER.
ET SI ÇA NE MARCHE PAS, JE PLEURERAI ET JE TOURNERAI LA PAGE.
EH BIEN, TU ME LAISSERAS PLEURER...
COMME ÇA, JE N'AURAI AUCUN REGRET.

MAIS JE NE VEUX PAS QUE QUELQU'UN D'AUTRE TE TOUCHE...
ET SURTOUT PAS UNE DE CES HÔTESSES DE BAR COMME CELLE QU'ON A VUE TOUT À L'HEURE...
SI TU PENSES VRAIMENT QU'IL Y A UN «TRUC» ENTRE NOUS...
PEUT-ÊTRE QUE ÇA POURRAIT ÊTRE UN POINT DE DÉPART POUR FAIRE NAÎTRE DES SENTIMENTS...
Je n'arrive pas à croire que je suis en train de le supplier de coucher avec moi...
Je ne pensais pas que je tomberais si bas.
MAIS SI JE NE TOMBE PAS AMOUREUX DE TOI...
C'EST TOI QUI VAS PLEURER.

FLOUP
QUAND TU AS ENVIE DE M'EMBRASSER, DE ME TOUCHER...
QUAND TU VEUX QUE JE TE DONNE DU PLAISIR...
J'AIMERAIS BIEN QUE TU ME LE DISES...
POUSSE
PAS LA PEINE D'ESSAYER DE ME SÉDUIRE COMME ÇA.
TU SAIS QUE LA TÊTE ET LE CORPS, CE SONT DEUX CHOSES DIFFÉRENTES, HEIN ?
MÊME SI JE TE LAISSE ME TOUCHER...
HÉ !
JE SAIS QUE C'EST DIFFÉRENT !

JE VAIS FAIRE EN SORTE QUE TU AIES BESOIN DE MOI...
JUSQU'À CE QUE TU SOIS INCAPABLE DE ME LAISSER PARTIR.
OOH...
ET TU VAS FAIRE ÇA COMMENT ?
D... D'ABORD, JE VAIS TE CUISINER DES PLATS QUI TE FERONT TOMBER PAR TERRE...
JE FERAI DE MON MIEUX POUR NE PAS RÂLER QUAND TU ME PIQUES MA BOUFFE ...
ENFIN, J'ESSAIERAI...
HA HA !
TU ES-SAIERAS, HEIN ?
JE FAIS AUSSI ÇA PARCE QUE J'AIME BIEN LE VOIR SE METTRE EN COLÈRE CONTRE MOI...
ET PUIS...

CLAC
ON FAIT QUOI ? TU VEUX TE DÉGRISER UN PEU ?
ASAHI...
EST-CE QUE JE PEUX ÊTRE VRAIMENT SÉRIEUX AVEC TOI ?
CE N'EST PAS COMME S'IL N'Y AVAIT AUCUNE CHANCE, PAS VRAI ?
HA HA... TU ME FAIS PEUR.
TAP
TAP
ET COMMENT TU COMPTES ME MONTRER QUE TU ES SÉRIEUX ?
PAF

JE SAIS QUE C'EST INJUSTE DE TE DONNER DE L'ESPOIR...
MAIS J'AIMERAIS QUE TU ME DONNES UN PEU DE TEMPS.
PARCE QUE QUAND TU ME DIS QUE TU VEUX TE TROUVER QUELQU'UN D'AUTRE, ÇA ME REND AUSSI JALOUX.
ROUGIT...
BON SANG...
Il sait que c'est injuste, mais il le dit quand même...
T'AS VRAIMENT DU TOUPET...

MAIS C'EST TROUBLANT DE DEVOIR FAIRE FACE À SES PROPRES SENTIMENTS.
À CE MOMENT-LÀ, JE ME SUIS DIT QU'IL Y AVAIT UN TRUC ENTRE NOUS, C'EST VRAI.
UN...
UN TRUC...?
MAIS JE SUIS TROP VIEUX...
POUR ME LAISSER ALLER DANS UN MOMENT PAREIL.
APRÈS CE QUI M'EST ARRIVÉ, JE SAIS PERTINEMMENT...
QUE LE SIMPLE FAIT DE VOULOIR ÊTRE ENSEMBLE N'EST PAS SUFFISANT.
... DONC, C'EST QUAND MÊME IMPOSSIBLE.
POUR L'INS-TANT, OUI...

HÉ... ON PEUT CONTINUER NOTRE CONVERSATION DE TOUT À L'HEURE ?
SI C'EST PAS IMPOSSIBLE ET QUE C'EST PAS NON, ALORS QU'EST-CE QUE C'EST ?
MMH...
QUAND TU T'ES HABITUÉ À MA PRÉSENCE, QUE TU T'ES MIS À RIRE, À CRIER ET À M'ENGUEULER...
J'ÉTAIS CONTENT, PARCE QUE J'AVAIS L'IMPRESSION DE RETROUVER UN CHAT QUE J'AURAIS PERDU IL Y A LONGTEMPS...
... Un chat ??
POUR ÊTRE HONNÊTE AVEC TOI, JE TE VOIS PLUTÔT COMME MON PETIT FRÈRE.
TU AS PRESQUE LE MÊME ÂGE QUE LUI, DÉJÀ.

TIENS ? YAJIMA-SAN ?
QUELLE COÏNCIDENCE DE SE RENCONTRER ICI !
KATSURA-SAN !
C'ÉTAIT UN PLAISIR DE TRAVAILLER AVEC VOUS, L'AUTRE FOIS !
TOUT LE PLAISIR ÉTAIT POUR MOI, N'HÉSITEZ PAS À REFAIRE APPEL À MES SERVICES AU BESOIN.
VOUS ÊTES AVEC VOTRE COMPAGNE ?
OH, C'EST L'HOMME QUE TU AS FAIT VENIR AU CLUB AVEC TOI L'AUTRE FOIS, KA-CHAN !
RINA A DIT QU'ELLE VOULAIT VOUS REVOIR BIENTÔT.
Pas vraiment, haha ha !
Venez nous voir au club, d'accord ?
ELLE A DIT QU'IL FALLAIT QUE TU RETOURNES AU CLUB...
J'IRAI PAS.
T'AS PLUS FAIM ? ON RENTRE ?

J'EN SAIS RIEN.
GAH !
T'ÉTAIS OBLIGÉ D'ÊTRE AUSSI DIRECT EN DISANT ÇA ?
T'AURAIS AU MOINS PU FAIRE SEMBLANT PENDANT QU'ON CONTINUAIT À VIVRE ENSEMBLE !
REMARQUE, NON... C'EST PEUT-ÊTRE MIEUX QUE TU SOIS HONNÊTE...
SI T'AVAIS ACCEPTÉ MES SENTIMENTS, J'AURAIS FINI PAR CROIRE...
QUE TU FAISAIS ÇA PARCE QUE TU AVAIS PITIÉ DE MOI.
JE VAIS LAISSER TOMBER ET ME TROUVER UN AUTRE MEC...
QUAND JE DIS QUE JE NE SAIS PAS,
JE NE SUIS PAS EN TRAIN DE DIRE QUE C'EST NON OU QUE C'EST IMPOSSIBLE.
QU'EST-CE QUE TU VEUX DIRE...?
CLAC !
OH, J'AURAIS PRÉFÉRÉ ALLER AU RESTAURANT ITALIEN, MOI !
TU VERRAS, ERIKA-CHAN, C'EST DÉLICIEUX, ICI ! TU M'AS DIT QUE TU AIMAIS LE POULET, NON ?

Ha ha ha ! C'est clair !
TU ES EN TRAIN DE DIRE QUE TOI ET MON EX, VOUS ÊTES PAREILS ?
TU T'Y CROIS PAS UN PEU TROP, LÀ ?
MMH...
MAIS...
SI JA-MAIS...
JE TE DISAIS QUE JE T'AIME...
EST-CE QUE TU SERAIS CAPABLE DE M'AIMER EN RETOUR ?

ET JE NE SUIS PAS DU GENRE À ME LAISSER ALLER COMME ÇA JUSTE PARCE QUE JE SUIS FRUSTRÉ...
DANS CE CAS, SI C'ÉTAIT PAS UNE HALLUCINATION ET QUE TU N'ÉTAIS PAS FRUSTRÉ, POURQUOI TU AS FAIT ÇA ?
HEIN ? EXPLIQUE-MOI.
JE...
TU PLEURAIS, L'AUTRE JOUR.
TU DISAIS QUE TU NE VOULAIS PAS OUBLIER.
ET MAINTENANT, TU ME DEMANDES DE FAIRE PAREIL ?
ET APRÈS, TU VAS ENCORE TRAÎNER ÇA PENDANT COMBIEN D'ANNÉES ?

JE VOULAIS TE REMERCIER D'AVOIR PRIS SOIN DE MOI QUAND J'ÉTAIS MALADE...
ET PUIS...
JE VOULAIS AUSSI M'EXCUSER... AVEC LA FIÈVRE, J'AI FAIT N'IMPORTE QUOI.
J'AI HONTE D'AVOIR RÉAGI COMME ÇA... TU VEUX BIEN OUBLIER CE QUI S'EST PASSÉ ?
OK ?
T'ES MARRANT, TOI.
T'ES FRUSTRÉ SEXUELLEMENT AU POINT DE TE JETER SUR LA PREMIÈRE PERSONNE QUI PASSE ALORS QU'ELLE TE TOUCHE À PEINE ?
TU T'ES PAS DIT QUE ÇA POUVAIT DÉRANGER LE TYPE D'EN FACE ?
.....
AH...
OU SINON, C'EST PARCE QUE TU M'AS PRIS POUR L'HOMME QUE TU AIMAIS À CAUSE DE LA FIÈVRE ?
ÇA DOIT ÊTRE PRATIQUE DE PRENDRE LE PRÉTEXTE D'UNE HALLUCINATION POUR FAIRE CE QU'IL TE PLAÎT.
TU DIS ÇA, MAIS T'AS QUAND MÊME RÉPONDU À MON BAISER, JE TE RAPPELLE...
EN PLUS, JE T'AI DIT D'OUBLIER, ALORS POURQUOI TU ME POSES TOUTES CES QUESTIONS ?

ÇA M'ÉTONNE DE TE VOIR AUSSI ATTENTIONNÉ !
D'HABITUDE, T'ES TELLEMENT NÉGLIGENT...
PFUAAAH !
MERCI, SYMPA...
BAH... J'AI LONGTEMPS PRIS SOIN DE MON FRÈRE, LES HABITUDES ONT LA VIE DURE.
AH OUI... TON PETIT FRÈRE QUI N'A PAS UNE BONNE SANTÉ...
VOILÀ VOS PLATS !
Je vois...
C'est pour ça qu'il était si attentionné envers moi, alors...
Et moi, j'ai interprété ça complètement de travers...
Je suis vraiment un idiot...
N'est-ce pas ?
Il est trop bon, ce poulet !
DIS, ASAHI...
MH ?

とり料理
はっちゃん
焼き鳥
CLAC !
BIENVENUE ! ASSEYEZ-VOUS OÙ VOUS VOUDREZ.
BONSOIR, PATRON !
ON PRENDRA DEUX BIÈRES ET DEUX PLATS DU JOUR !
D'ac-cord.
TU VIENS SOUVENT ICI ?
POC
OUAIS
C'EST UN ENDROIT UN PEU CRASSEUX, MAIS LEUR POULET EST VRAIMENT DÉLICIEUX.
Ah bon...
SANTÉ !
AH, ATTENDS...
T'ES SÛR QUE TU DEVRAIS BOIRE DE LA BIÈRE, TOI ? TU SORS DE MALADIE...
Excusez-moi !
MAIS NON, ÇA IRA.
TU DEVRAIS PEUT-ÊTRE PLUTÔT BOIRE UNE BOISSON SOFT OU UN THÉ...
HEIN ?
JE SUIS GUÉRI, MAINTENANT.
Et j'ai envie de boire.

TAP
TAP
T'AS DIT QUOI ? J'AI PAS ENTENDU.
AU FAIT, POURQUOI TU TE TIENS SI LOIN ?
BOBOM
AH, C'EST VRAI ! ON A RIEN À MANGER POUR CE SOIR !
JE VAIS FAIRE LES COURSES VITE FAIT. À TOUT À L'HEURE !
MASATO !
TU NE VEUX PAS MANGER EN VILLE, POUR UNE FOIS ?
JE CONNAIS UN RESTAURANT DÉLICIEUX PAS TRÈS LOIN D'ICI.

PAR CONTRE... NE LUI FAIS PAS DE MAL, OK ?
!
ASAHI !
AH, MASATO... T'AS L'AIR D'AVOIR BIEN MEILLEURE MINE QUE L'AUTRE JOUR.
EUH, OUI...
JE VAIS MIEUX... GRÂCE À TOI...
Je m'étais dit que je le remercierais comme il faut d'avoir pris soin de moi...
MAIS LÀ, JE SUIS TELLEMENT EMBARRASSÉ À CAUSE DE CE QUE J'AI FAIT, JE SUIS EN PLEIN DILEMME...
EUH...

HÉ, NARU... TU SAIS QUE JE TE DOIS BEAUCOUP, HEIN ?
QUAND J'ÉTAIS EN PLEINE DÉPRIME APRÈS MON DIVORCE, TU T'ES OCCUPÉ DE MOI...
SI TU AS FAIT ÇA PARCE QUE TU PENSAIS AVOIR UNE DETTE ENVERS MOI... TU L'AS DÉJÀ REMBOURSÉE AU CENTUPLE.
IL EST TEMPS QUE JE QUITTE CET APPARTEMENT...
TU SAIS, ASAHI, QUAND JE TE FAIS RENCONTRER DES CLIENTS, J'EN TIRE UN PROFIT AUSSI.
MAIS TOUT CE QUE JE FAIS À CÔTÉ, CE NE SONT QUE DES CAPRICES.
ALORS SI TU VEUX PARTIR, TU ES LIBRE.
MOI, EN TANT QU'AMI, TOUT CE QUE JE SOU-HAITE, C'EST TON BONHEUR !
DANS CE CAS, ON EST DEUX.

HA HA HA !
BIEN JOUÉ, MASATO !
JE SAIS PAS CE QU'IL T'A FAIT, MAIS POUR QUE TU EN VIENNES À ACCEPTER UN PROJET PERSONNEL COMME CELUI-LÀ, ÇA DEVAIT ÊTRE QUELQUE CHOSE.
J'AI ÉTÉ UN PEU SURPRIS, J'AVOUE.
C'EST LE BOULOT QUI VEUT ÇA, C'EST TOUT.
PEUT-ÊTRE, MAIS JUSQUE-LÀ, TU N'AS JAMAIS ACCEPTÉ LES REQUÊTES PERSONNELLES DE QUI QUE CE SOIT.
ET J'AI ENVOYÉ BEAUCOUP DE GENS VIVRE DANS CET APPART, MAIS PERSONNE NE T'AVAIT JAMAIS INTÉRESSÉ.
EH OH...
QUAND TU DIS ÇA, ON DIRAIT QUE TU JOUES LES ENTREMETTEURS...
AAAAAH...
MAIS TU ME VOLES MASATO, DONT J'AI PRIS SOIN PENDANT TELLEMENT D'ANNÉES...
...
QUEL GÂCHIS.

ON DIRAIT QU'IL T'APPRÉCIE BEAUCOUP, ASAHI.
JE ME DOUTAIS QUE ÇA FINIRAIT COMME ÇA. LE DIRECTEUR MORII AIME LES GENS COMME TOI, EN GÉNÉRAL.
SA COMPAGNIE N'ARRÊTE PAS DE S'AGRANDIR... IL DEVIENDRA PEUT-ÊTRE UNE GROSSE POINTURE, UN JOUR.
AAH...
QUAND TU DIS CE GENRE DE CHOSES, TU NE TE TROMPES PAS SOUVENT.
POURQUOI TU TIRES UNE TÊTE DE SIX PIEDS DE LONG ?
OH OH...
T'ES EN TRAIN DE PENSER À TON «PETIT CHATON» ?
TIENS TIENS... J'AI TOUCHÉ UNE CORDE SENSIBLE ?
ME DIS PAS QUE TU T'ES FAIT DÉVORER TOUT CRU PAR LE PETIT CHATON ?
N'IM-PORTE QUOI...
ET PUIS, C'EST LOIN D'ÊTRE UN PETIT CHATON...
GRRR...

BON, ON PART SUR LE PLAN B.
JE DONNERAI LES PLANS D'INTÉRIEUR AU CONSTRUCTEUR LA SEMAINE PROCHAINE,
ET À PARTIR DE LÀ, ON POURRA DISCUTER DES DÉTAILS...
KSSS
KSSS
KSSS
TOUT DE MÊME, BEAUCOUP D'ARCHITECTES TENTERAIENT DE SE FAIRE PAYER PLUS CHER POUR LE MÊME TRAVAIL !
Peut-être parce qu'ils se prennent pour des artistes...
J'APPRÉCIE BEAUCOUP VOTRE CONSCIENCE PROFES-SIONNELLE, YAJIMA-SAN.
HEUREUSEMENT QUE J'AI DIT OUI À NARUSE-SAN QUAND IL A PROPOSÉ DE NOUS PRÉSENTER !
JE SUIS CONTENT QUE VOUS AYEZ ENFIN TROUVÉ QUELQU'UN QUI VOUS CONVIENT APRÈS TANT DE PROBLÈMES.
JE VAIS FAIRE DE MON MIEUX POUR VOUS SATIS-FAIRE.
J'EN SUIS CERTAIN !
JE FERAI À NOUVEAU APPEL À VOUS QUAND J'AURAI BESOIN DE REFAIRE MES AUTRES BOUTIQUES ET MA MAISON !
ÇA ME FERAIT TRÈS PLAISIR.

Episode 5
LOVENEST

AU FAIT, JE NE L'AI MÊME PAS REMERCIÉ DE S'ÊTRE OCCUPÉ DE MOI...
ET POUR NE RIEN ARRANGER, JE SUIS MÊME ALLÉ JUSQU'À L'EMBRASSER...
AÄÄRGH...
ET DIRE QUE JE M'ÉTAIS JURÉ DE NE PLUS JAMAIS COMMETTRE LA MÊME ERREUR...
J'AVAIS FAIT EXACTEMENT PAREIL AVEC KAZUOMI...
ET MAINTENANT, VOILÀ QUE JE RECOMMENCE AVEC LUI... QUELLE GROSSE BLAGUE.
J'avais pourtant dit que c'était hors de question de sortir avec un type hétéro...

TCHAC
À plus tard.
Attends, Masato.
Je suis le seul à être mal à l'aise, ou quoi ?
Je vais être absent jusque mardi à cause du travail.
Profite d'être tout seul pour bien te reposer, d'accord ?
Grâce à ça, je me suis bien reposé, c'est vrai...
QUAND ASAHI N'EST PAS LÀ, JE N'AI PLUS DE RISQUES DE VOIR MA FIÈVRE GRIMPER...
TCHAC
GINGER

Oui... Beaucoup mieux qu'hier.
Et j'ai un week-end prolongé à partir de demain.
Bon. Prends soin de toi, surtout.
Il réagit comme d'habitude...
Et toi...?
Je t'ai pas passé mon rhume, au moins ?
HA HA HA !
T'inquiète pas, c'est pas un petit bisou comme ça qui va me rendre malade !
En plus, j'ai toujours bien résisté aux rhumes, moi.
POF.
!
Ah bon... Tant mieux, alors.

HOZUMI-SAN !
VOUS POURRIEZ VÉRIFIER LE MANUEL DE TRANSITION DES DONNÉES ?
D'AC-CORD.
AH,
VOUS AVEZ BIEN MEILLEURE MINE AU-JOURD'HUI !
LA SEMAINE DERNIÈRE, VOUS AVIEZ L'AIR VRAIMENT MALADE.
OUI, DÉSOLÉ D'AVOIR INQUIÉTÉ TOUT LE MONDE !
Je vais beau-coup mieux.
On ira boire un coup bientôt ?
Physique-ment, je vais mieux,
mais moralement, j'ai l'impression d'être encore au fond du trou.
Alors, tu te sens mieux, aujourd'hui ?

REPOSE...

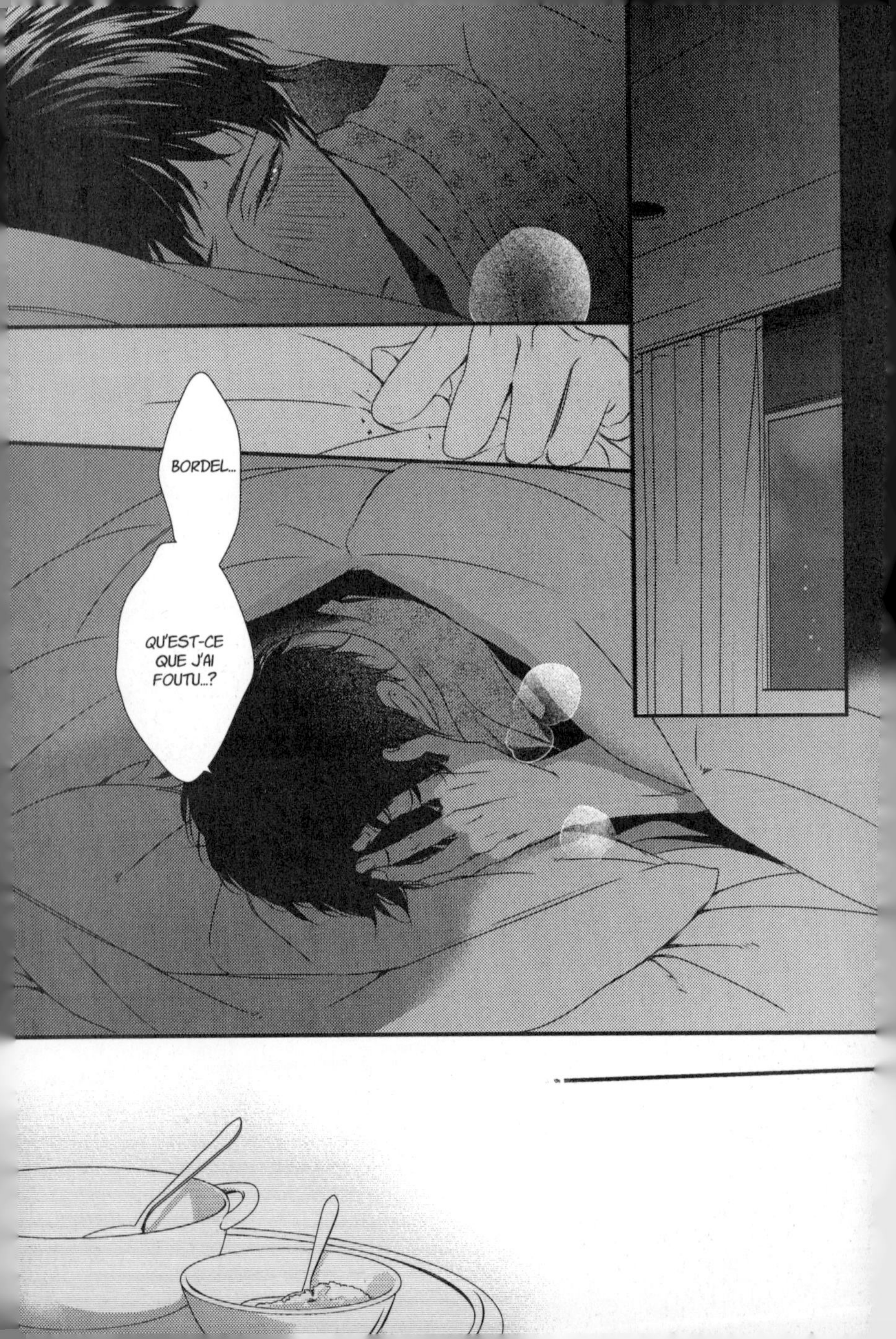
BORDEL...
QU'EST-CE QUE J'AI FOUTU...?

HAA... ハア
HAA... ハア
HAA... ハア
HAA... ハア
AH...
HMPFF !!
FLAP !
SOIS SAGE ET DORS.
TU VAS FAIRE EMPIRER TA FIÈVRE, IDIOT.

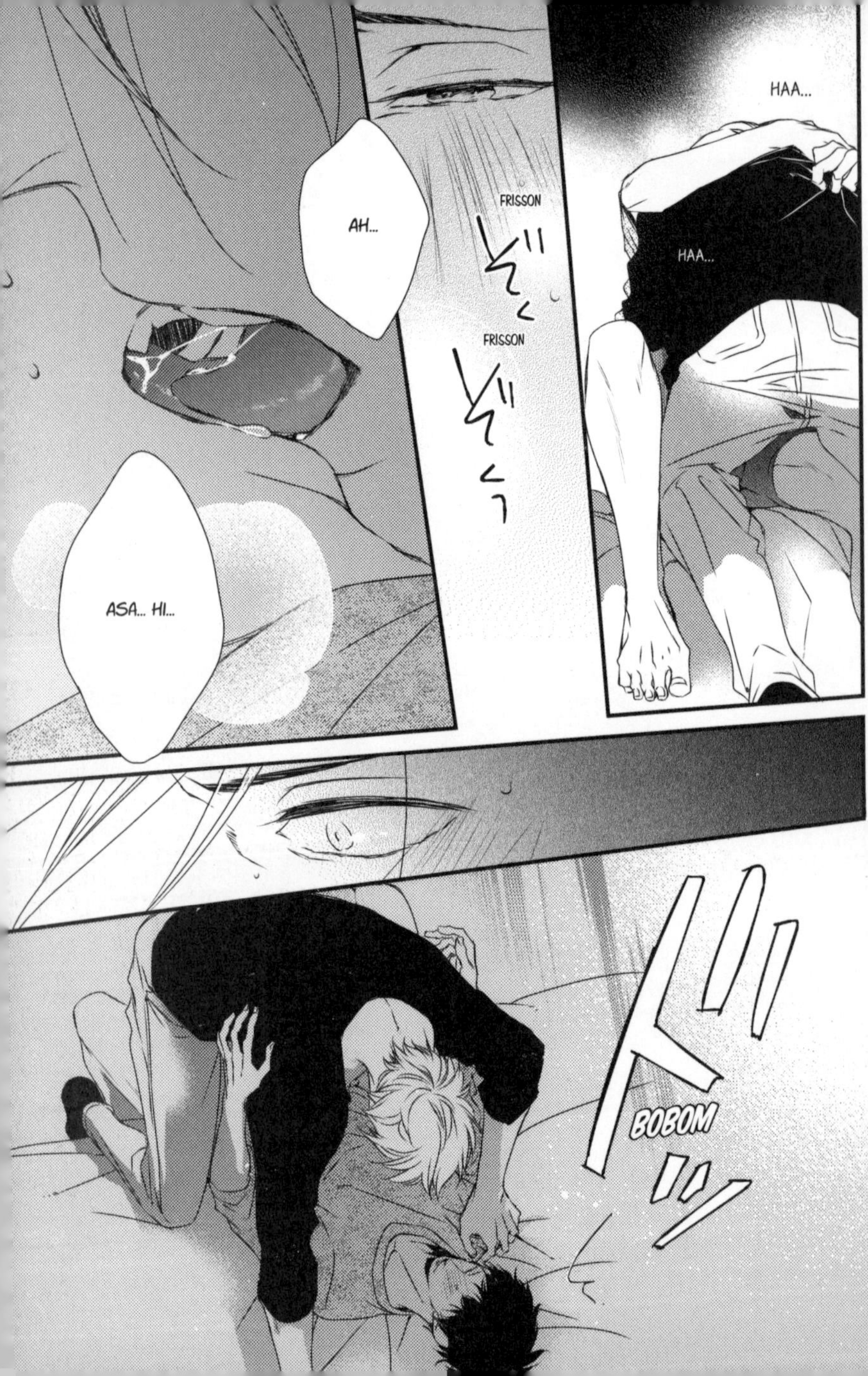
HAA...
HAA...
FRISSON
FRISSON
AH...
ASA... HI...
BOBOM

GRIP...
NHH...
HAA...
FUIP
SLURP...
フル
SLURP
チュ
HAA...
SLURP
チュク
HH...
HAA...
CRIIIC
NHH...
チュ
SLURP
MH...
SLURP
GRIP...

HAA...
はっ…

FUAAH...
TU PEUX CHANGER TON CALEÇON TOUT SEUL ?
MASATO ?
GRIP...

FUIP
TREMBLE
HAA...
Qu'est-ce que je fais...?
...!
BOBOM
Je veux...
BOBOM
BOBOM
Qu'il continue à me toucher...
TIENS,
LÈVE LES BRAS.
FLAP

Au fond de moi, j'essayais désespérément de trouver une excuse.
C'EST PAS TROP CHAUD ?
NON, ÇA VA...
HAA...
HAA...
SES MAINS...
SONT DRÔLEMENT GRANDES...
ÇA FAIT DU BIEN...

JE TRANSPIRE...
FRRT
TU VOUDRAIS BIEN...
M'ESSUYER LE CORPS AVEC UNE SERVIETTE ?
C'est de la faute de la fièvre.
Je le sais...
AT-TENDS-MOI.
JE RAMÈNE UNE SERVIETTE.

MERCI...
JE VAIS M'AR-RÊTER LÀ.
POC
OK...
BON...
SURTOUT, COUVRE-TOI BIEN POUR DORMIR.
TAP パタ
TAP パタ
ASAHI...
AIDE-MOI À ME DÉSHABILLER...

TIENS...? C'EST QUOI, ÇA ?
AH, J'AI RÂPÉ UNE POMME... IL PARAÎT QUE ÇA FAIT BAISSER LA FIÈVRE.
HA HA...
COMME C'EST GENTIL DE TA PART.
Je savais pas qu'une simple pomme pouvait faire ça.
OH, C'EST SUPER BON !
C'EST TA MÈRE QUI TE FAISAIT MANGER ÇA QUAND TU ÉTAIS PETIT ?
La mienne, c'était des pêches en boîte.
NON, PAS VRAIMENT...
J'AI PRIS CETTE HABITUDE PENDANT MON MARIAGE.

TOC
TIENS, JE T'AI FAIT RÉCHAUFFER DE LA BOUILLI DE RIZ...
TU PENSES POUVOIR MANGER ?
ASAHI...
TU SAIS QUE C'EST PAS TOP DE GARDER SES VÊTEMENTS POUR DORMIR QUAND ON EST MALADE ?
TIENS, MANGE ÇA, ET PRENDS TES MÉDICAMENTS.
MH... MERCI...

PLAF
HAAA...
JE SUIS SÛR QUE C'EST À CAUSE DE LUI QUE MA FIÈVRE AUGMENTE...
HAA...
La honte...

[*Okayu : Plat typique qu'on prépare aux malades au Japon.]

SALUT...
TU ES MALADE ?
JUSTE UN RHUME D'ÉTÉ...
MAIS JE VAIS QUAND MÊME ALLER AU BOULOT DEMAIN. JE SUIS DÉJÀ ALLÉ VOIR LE DOCTEUR.
KHOF
DÉSOLÉ, PAR CONTRE, J'AI LA FLEMME DE PRÉPARER À MANGER AUJOURD'HUI...
KHOF
NE T'EN FAIS PAS POUR ÇA.
MMH... MAIS...
ÇA FAIT LONGTEMPS QU'ON N'A PLUS MANGÉ ENSEMBLE...
KHOF

PRENEZ SOIN DE VOUS.
MERCI.
KHOF...
ゴホ…
Ça faisait longtemps que je n'étais plus tombé amoureux...
IL SUFFIT JUSTE QUE JE CACHE MES SENTIMENTS.
JE VAIS FAIRE COMME D'HABITU-DE...
QUAND J'ÉTAIS AMOUREUX D'IKU, IL N'A JAMAIS RIEN REMARQUÉ.
Je vais me contenter de savoir que je suis amoureux,
et ça me suffira.
AH, TU ES RENTRÉ.

J'ai beau avancer des tonnes d'arguments pour y résister...
J'AI FAILLI LE DIRE À HAUTE VOIX...
Je me laisse emporter par ce sentiment.
«Et moi, je ne te conviens pas ?»

DÉSOLÉ, JE PARLE TROP...
NON...
DE TOUTE FAÇON, JE VAIS TE LAISSER...
POF
DÉSOLÉ DE T'AVOIR DÉRANGÉ PENDANT TON TRAVAIL.
GLISSE...
C'ÉTAIT CHAUD...
«C'est pas mon type»...
«Je ne veux plus tomber amoureux»...
«Il est hétéro»...

ET PARFOIS, J'AI L'IMPRESSION D'ENTENDRE LE VENT QUI PASSE À TRAVERS.
C'EST... DÉSAGRÉABLE.

FLAP...
TIENS...?
ÇA... C'EST LA MAISON DONT J'AI CRÉÉ LES PLANS ET QUE J'AI CONSTRUITE POUR MOI.
MAIS C'EST UNE AUTRE FAMILLE QUI Y VIT, À PRÉSENT.
Je vois...
Alors cette femme, c'est...
QUAND ON CONSTRUIT UNE MAISON POUR UN PARTICULIER, IL Y A UN GROS ATTACHEMENT ÉMOTIONNEL.
CE N'EST PAS ENTIÈREMENT POUR ÇA QUE JE NE PRENDS PLUS TROP DE REQUÊTES DE PARTICULIERS, MAIS... ÇA JOUE.
MAIS ALORS... ÇA VEUT DIRE QUE TU N'AS TOUJOURS PAS OUBLIÉ TA FEMME ?
CRIIIC
MMH... JE N'AI PLUS DE SENTI-MENTS POUR ELLE,
NI QUOI QUE CE SOIT.
MAIS MALGRÉ TOUT... IL Y A COMME UN TROU AU MILIEU DE MA POITRINE.

POURQUOI TU POSES TANT DE QUESTIONS SUR MOI, D'UN COUP ?
JE CROYAIS QUE TU VOULAIS TE DÉPÊCHER DE PARTIR ?
BOBOM
EUH...
PAR CURIOSITÉ, ON VA DIRE...
TIENS, ET CELUI-LÀ ?
ÇA, C'EST UNE REQUÊTE DE PARTICULIER, NON ?
Voyons voir...

OH !
C'EST TOI QUI AS FAIT LES PLANS DE CE BÂTIMENT ?
MH ? OUAIS.
OOH !
ALORS TU CRÉES NON SEULEMENT DES MAISONS, MAIS AUSSI DES BOUTIQUES ET DES IMMEUBLES D'HABITATION ?
T'AS L'AIR D'ÊTRE UN GROS CALIBRE DANS LE MILIEU, DIS DONC !
PFF...
TU DIS ÇA, MAIS CE QUI TE PLAÎT LE PLUS, C'EST D'ALLER PIQUER DANS MES RÉSERVES QUAND J'AI LE DOS TOURNÉ...
Grillé.
CES DERNIERS TEMPS, JE TRAVAILLE PLUS SOUVENT POUR DES COMPAGNIES QUE POUR DES PARTICULIERS.
COMME NARU EST DANS L'INVESTISSEMENT IMMOBILIER, IL M'A MIS EN CONTACT AVEC DES GENS QU'IL CONNAÎT,
ET C'EST SOUVENT POUR EUX QUE JE BOSSE.
AH BON ? JE CROYAIS QU'IL ÉTAIT PROPRIÉTAIRE DE BARS ?
ÇA, C'EST JUSTE UN HOBBY POUR LUI.
OUAH... J'AI L'IMPRESSION QU'ON VIT DANS DEUX MONDES DIFFÉRENTS.
C'est plutôt proche de notre appart...

CLAC !
ET SI LES VOISINS PENSAIENT QU'IL Y A UN INCENDIE DANS LA PIÈCE JUSTE PARCE QUE TU FUMES COMME UN POMPIER ?
OK, JE FERAI GAFFE...
EN PLUS, JE DÉTESTE L'ODEUR !
JUSQUE LÀ JE NE DISAIS RIEN, PARCE QUE L'APPART EST GRAND ET QUE LE PURIFICATEUR D'AIR FONCTIONNE BIEN, MAIS...
REGARDE, MÊME LES MURS NOIRCISSENT !
TU PEUX PAS FREINER UN PEU TA CONSOMMATION ?
T'AS PAS PEUR D'ATTRAPER UN CANCER DES POUMONS ?
HA HA
TU TE PRENDS POUR MA MÈRE ?
Ça va, la ferme ...
J'AI DÉCIDÉ DE PAYER UN LOYER À NARU, DONC JE VAIS VIVRE ICI UN PEU PLUS LONGTEMPS QUE PRÉVU.
POUF
ALORS SI QUELQUE CHOSE M'AGACE, JE VAIS PAS ME GÊNER POUR LE DIRE.
OH...
«OH» ? C'EST TOUT ?
DE TOUTE FAÇON, ÇA NE CHANGE PAS GRAND-CHOSE POUR TOI, QUE JE SOIS LÀ OU PAS.
BIEN SÛR QUE SI.
CE SERAIT TERRIBLE POUR MOI SI JE NE POUVAIS PLUS MANGER TES BONS PETITS PLATS.

ASAHI TRAVAILLE AUSSI...
Ces derniers temps, on ne boit plus trop ensemble...
MH ?
FUMÉE...
BAM !
バンッ
ASAHI !! IL Y A DE LA FUMÉE QUI SORT DE...
もわ
FLOUP
SALUT, MASATO.
KHOF !
コホッ
KHOF !
ケホ
LE PURIFICATEUR D'AIR EST CASSÉ...
J'AI FAIT TOMBER DES FICHIERS DESSUS, C'EST PEUT-ÊTRE DEPUIS CE MOMENT-LÀ...
GRR !
DÉSOLÉ, J'ÉTAIS TELLEMENT CONCENTRÉ, JE NE M'EN SUIS PAS RENDU COMPTE...
C'EST TOUT CE QUE T'AS À DIRE ?!

KSSSS
KSSSS
KSSSS
KSSSS
POOOON
TAP
D'ACCORD, JE SERAI AU BUREAU DEMAIN À LA PREMIÈRE HEURE.
ENTENDU.
SI J'ARRIVE À SURVIVRE À CETTE SEMAINE, ÇA IRA MIEUX ENSUITE...
GRATTE
J'AI MAL À LA TÊTE...
On a des médocs, ici ?

Bonne soirée !
Bonne soirée !
MMMH...
CRIIIC...
« C'est pas du gâteau de sortir avec un hétéro. »
« Ça fait vraiment une si grosse différence ? »
Quand on se libère enfin d'une blessure qui nous obsède depuis des années...
Est-ce que c'est vraiment si facile que ça de construire quelque chose de nouveau ?
ILS ME DISENT TOUS LA MÊME CHOSE...
COMME SI C'ÉTAIT AUSSI SIMPLE.

DE TOUTE FAÇON, UN MEC QUI PREND SON PIED À DÉTRUIRE LES HISTOIRES D'AMOUR DES AUTRES A FORCÉMENT UNE PER-SONNALITÉ POURRIE.
SLUURP
AU LIEU DE REPORTER SA DOULEUR SUR LES AUTRES,
QUAND ON EST BLESSÉ, C'EST MIEUX DE FAIRE CE QU'IL FAUT POUR SE RECONSTRUIRE PETIT À PETIT... ET MENER UNE VIE PLUS AGRÉABLE.
TU SAIS QUOI ? CE QUI EST AGRÉABLE, C'EST DE DISCUTER AVEC TOI, ITÔ-KUN.
ÇA TE DIRAIT QU'ON AILLE BOIRE UN VERRE TOUS LES DEUX, UN DE CES QUATRE ?
VOUS ÊTES MASO, OU QUOI ?

CLAC
LÈVE
POURQUOI TU T'EN VAS, ITÔ-KUN ? T'AS PAS ENCORE FINI DE MANGER !
PRENDS TON TEMPS, VOYONS !
HEIN ?
Bon appétit !
ALORS, COMMENT ÇA SE PASSE TA VIE AVEC IKUO ?
VOUS UTILISEZ L'AUTOCUISEUR À RIZ QUE JE VOUS AI OFFERT ?
SEMPAI VEUT MANGER DU RIZ AU MOINS UNE FOIS PAR JOUR, DONC OUI, ON L'UTILISE...
ON N'A PAS LE CHOIX.
BAH... C'EST BON, LE RIZ...
ET JE N'AI RIEN À REPROCHER À L'AUTOCUISEUR.
MIOM
MIOM
HA HA !
EST-CE QUE VOUS PENSEZ À MOI CHAQUE FOIS QUE VOUS FAITES DU RIZ ?
GRR...
HOZUMI-SAN, JE VOUS AI ENTENDU SOUPIRER QUAND VOUS ÊTES ARRIVÉ...
VOUS N'ÊTES PAS OBLIGÉ DE REPORTER SUR MOI LE STRESS QUE VOUS CAUSE VOTRE TRAVAIL.
TU TE FAIS DES IDÉES !
C'EST VRAI QUE LE TRAVAIL EST DUR, EN CE MOMENT... MAIS CE N'EST PAS LE PROBLÈME.
DE QUOI S'AGIT-IL, ALORS ? VOUS NOUS FAITES UNE PETITE CRISE D'IDENTITÉ ?

TAP
コッ
Tomber amoureux de lui parce qu'il m'a remonté le moral une fois...
Je serais vraiment aussi naïf que ça ?
TAP
HAA...
Enfin, le problème n'est pas là...
ARGH...
TIENS TIENS !!

JE DOIS ÊTRE DANS LES CHOUX TELLEMENT MON TRAVAIL ME FATIGUE...
QU'EST-CE QU'IL Y A ? TU VIENS ?
Moi, je préfère les mecs propres et ordonnés et un peu innocents...
QUAND ON RENTRERA, TU ME FERAS CE CAPPUCCINO DONT T'ES TELLEMENT FIER, HEIN ?
J'AI HÂTE DE LE GOÛTER.
BOBOM BOBOM BOBOM !!
Pas un vieux débris comme lui qui ne prend même pas la peine de se raser le matin !!
BROUHAHA
BROUHAHA

AU MOINS, TU AS L'AIR DE MEILLEURE HUMEUR.
BOBOM
UN... UN INSTANT... IL S'EST PASSÉ QUOI, LÀ ?

JE SAIS PAS DE QUOI TU PARLES QUAND TU DIS «CES TRUCS, LÀ». SOIS PLUS PRÉCIS.
HEIN ? T'ES CHIANT...
ALORS... JE VOUDRAIS UNE «HACHE DU BÛCHERON», ET...
EUH... UN «TOAST POUR FÊTER UNE RENCONTRE INOUBLIABLE AVEC UN BOUT DE CHEDDAR FONDANT ET COULANT», ET...
UNE «TARTELETTE AU CURRY CÉLÉBRANT L'AMOUR ENTRE UNE CREVETTE CHOUPETTE ET UN ŒUF TOUT NEUF»...
PFFFFT !!
C'EST QUOI CES NOMS DÉBILES ?
HI HI
HA HA
HA HA
HA HA
HA HA
HI HI
HA HA HA !
J'AI MAL AU VENTRE !
Y'A VRAIMENT QUE TOI POUR PRONONCER CES TRUCS-LÀ AVEC UNE EXPRESSION AUSSI SÉRIEUSE...
EN MÊME TEMPS, C'EST LA BOUTIQUE QUI A PÉTÉ UN PLOMB QUAND ILS ONT DONNÉ UN NOM À LEURS PRODUITS...
TAP
TAP
HAAA...
ÇA VALAIT LE COUP RIEN QUE POUR TE VOIR DIRE «CREVETTE CHOUPETTE» EN FAISANT CETTE TÊTE-LÀ !
MÊME LES AUTRES CLIENTS DE LA BOULANGERIE RIGOLAIENT !
HAAA...
HI HI

FSHHHHHH...
HUM... ÉCOUTE, T'EN AVAIS ACHETÉ PLEIN, ALORS JE ME SUIS PERMIS DE T'EN PRENDRE UN PEU !
GRR
JE VAIS TE REMBOURSER, DE TOUTE FAÇON...
GRR
J'EN AI ACHETÉ PLEIN, JUSTEMENT, ALORS COMMENT ÇA SE FAIT QU'IL N'EN RESTE PLUS QU'UN ?!
FLOUP
C'EST ENFIN MON JOUR DE REPOS APRÈS UNE SEMAINE LONGUE ET ÉPROUVANTE, ET TU ME VOLES MON RÉCONFORT !!
T'ES VRAIMENT QU'UN ABRUTI TOTAL, ASAHI !!
T'es allé trop loin, là !!
SECOUE
SECOUE
C'EST BON, J'AI COMPRIS...
JE VAIS ALLER T'EN RACHETER, OK ?
C'EST PAS LA PEINE DE T'ÉNERVER À CE POINT...
J'vais te tuer !!
Bakery Bake
ET DIRE QUE JE PENSAIS QU'IL S'ÉTAIT UN PEU CALMÉ... MAIS PAS DU TOUT, CE VIEUX DÉBRIS !!
HAAA...
MASATO, TU PEUX M'EN PRENDRE AUSSI ?
JE VOUDRAIS CES TRUCS, LÀ, JE CONNAIS PAS LES NOMS...
Je le mangerai au goûter.

BAM !
OUAH ! C'ÉTAIT LOURD !
Y'A QUOI, DANS CE GROS CARTON ?
FU FU !
MA MACHINE À CAFÉ PRÉFÉRÉE !
JE L'AVAIS ENTREPOSÉE DANS UN BOX DE STOCKAGE.
AH BON...
TU VERRAS, AVEC CETTE MACHINE, JE POURRAI TE FAIRE UN SUPER BON CAFÉ ! TU VAS PAS EN REVENIR !
J'AI DÉCOUVERT UNE EXCELLENTE BOULANGERIE, LA FOIS DERNIÈRE !
J'AI HÂTE DE ME FAIRE UN BON CAFÉ AVEC LES CROISSANTS QUE J'AI ACHETÉS LÀ-BAS CE MATIN...
STOP...
FLAP
TIENS ?
Ils étaient dans ce sac...
JE VAIS ACHETER DES CLOPES...
POUF
AAASAAAAHIIIIIII...
GRRR

Episode 4

LOVENEST

LA SEMAINE DERNIÈRE, IL EST RENTRÉ CHEZ LUI COMPLÈTEMENT BOURRÉ... MAIS IL A L'AIR D'ALLER BEAUCOUP MIEUX, MAINTENANT.
AH BON ?
C'EST TOI QUI LUI AS REMONTÉ LE MORAL, NARU-SAN ?
CLING
MOI ? JE NE SAVAIS MÊME PAS.
C'EST PROBABLEMENT QUELQU'UN D'AUTRE.
パシャ
PLIC
CE SERAIT UN GROS PROBLÈME...
SI J'ÉTAIS INCAPABLE DE LE QUITTER.

PEUT-ÊTRE QU'UNE FOIS QUE TU TE SERAS HABITUÉ À LUI, TU SERAS INCAPABLE DE LE QUITTER.
NARU, TOI ET ASAHI, VOUS...
MH ?
NON, RIEN, LAISSE TOMBER.
DÉSOLÉ, NARU... C'EST MOI QUI T'AI FAIT VENIR, MAIS IL FAUT DÉJÀ QUE JE REPARTE AU BOULOT. J'AI ENCORE DU TRAVAIL...
Je te recontacterai !
QUOI, TU T'EN VAS DÉJÀ ? QUEL DOMMAGE...
Patron, merci pour tout !
TCHAC

FROTTE
PAS BESOIN DE LOYER !
TU PEUX RESTER LE TEMPS QUE TU VEUX, ÇA NE ME DÉRANGE PAS DU TOUT.
HI HI
OUI, MAIS... JE VAIS ME SENTIR MAL À L'AISE SI JE RESTE CHEZ TOI SANS PAYER DE LOYER. MÊME SI, POUR ÊTRE HONNÊTE,
CE SERA PROBABLEMENT UN LOYER EN FONCTION DE MES MOYENS...
OK ! J'AI COMPRIS.
SI ÇA TE MET PLUS À L'AISE COMME ÇA, MASATO, ÇA ME VA.
MERCI, NARU.
OUF...
TU SAIS, AVEC TON CÔTÉ HONNÊTE, TU RESSEMBLES BEAUCOUP À ASAHI.
TU AS L'AIR DE L'AIMER BEAUCOUP, ÇA ME FAIT PLAISIR.
BOBOM
HEIN ?!
MON APPART ! TU L'AIMES BEAUCOUP, NON ?
AH, TON APPART...
OUI, IL EST GÉNIAL...
JE ME SERAIS BIEN PASSÉ DE L'OPTION «COLOCATAIRE», MAIS BON...
HA HA HA !

C'EST RARE QUE TU M'INVITES, MASATO ! J'AI L'IMPRESSION QU'ON EST EN PLEIN RENDEZ-VOUS AMOUREUX !
DÉSOLÉ DE T'AVOIR FAIT DÉPLACER,
MAIS JE NE SAVAIS PAS QUAND TU RENTRERAIS À LA MAISON, ALORS...
HI HI !
ET MOI QUI PENSAIS QU'ON ALLAIT DISCUTER DE TRUCS PERVERS, JE SUIS DÉÇU.
ALORS, QUEL EST LE PROBLÈME ?
Ben...
JE VAIS ENCORE ÊTRE TRÈS OCCUPÉ PAR LE BOULOT PENDANT UN PETIT MOMENT...
DONC C'EST COMPLIQUÉ POUR DÉMÉNAGER...
ALORS... EST-CE QUE TU ACCEPTERAIS DE ME LAISSER RESTER CHEZ TOI ENCORE UN PEU ? JE TE PAIERAI UN LOYER, BIEN SÛR.
ÇA ME SAUVERAIT LA VIE...

Corrélation entre la distance sur le canapé et notre distance émotionnelle

« Pour moi, le plus important, c'était de ne pas oublier qu'il y a eu de l'amour entre nous à un moment donné. »
チク
POUIC
TA BARBE PIQUE...

Mais toi...
Tu es spécial.
ÇA VOULAIT DIRE QUOI, ÇA ?
Tes sentiments t'appartiennent.
Tu devais être follement amoureux de lui...

SOURIRE
PFFF...
JE SAIS, C'EST DE MA FAUTE, J'AURAIS DÛ LA MANGER AVANT...
ZZZ...
C'EST DANGEREUX DE DORMIR AVEC DES LUNETTES.
ZZZ...
IL EST VRAIMENT TROP NÉGLIGENT, CE TYPE.
Et voilà que c'est moi qui dois prendre soin de lui...

ZZZZ...
JE SUIS LÀ !
AH... IL DORT...
ZZZZZ...
IL EST ALLÉ À SA RÉUNION SANS SE RASER ? CELUI-LÀ, ALORS...
Il prend vraiment pas soin de lui.
MH ?
Merci, c'était délicieux
QUOIIIIIII ??
MA QUICHE !! JE VOULAIS LA MANGER EN RENTRANT !!
Y'A PAS DE «C'EST DÉLICIEUX» QUI TIENNE !!
TREMBLE
TREMBLE
MAIS QUEL VIEUX DÉBRIS ÉGOÏSTE !!
GRRRR !!!

AH...
C'EST VRAI QUE LA VUE EST SUPERBE.
ET LE VENT EST AGRÉABLE...
FLAP...
JE ME DEMANDE LEQUEL C'EST, LE BÂTIMENT QU'ASAHI A CRÉÉ.
CLAC
TIENS, ASAHI EST DÉJÀ RENTRÉ ?

OOH !
JE SAVAIS PAS QU'IL Y AVAIT UNE BOULANGERIE ICI.
Ça a l'air bon !
J'avais entendu dire que ça faisait du bien de pleurer...
Bakery Bake
Je ne sais pas si c'est vrai, mais je me sens libéré, aujourd'hui.
Je ne me souviens plus de la dernière fois que j'avais autant pleuré...
Et devant quelqu'un, en plus.
FSHHHH...

SCHLACK !
ジャッ
MMMH !
TAP
コツ

ON RENTRE ?
JE...
JE NE SUIS PAS EN TRAIN DE PLEURER, HEIN ?
FLOUP
C'EST ÇA, C'EST ÇA.
AU FAIT... ELLE PUE, TA SERVIETTE.
NORMAL.
ELLE EST IMPRÉGNÉE DE SUEUR ET DE LARMES.

Non, sérieux ?!
SURSAUTE
PLAF
!
TAP
TAP
MERDE...
FUIP

Je suis trop
content...

Je ne voulais pas faire comme si ce qu'on avait vécu n'avait jamais existé...
Masato...
Masato,
Tu m'aimes ?
Oui, je t'aime...

.....
OUI, JE L'AIMAIS...
Même quand il m'a trahi...
JE L'AIMAIS...
DU PLUS PROFOND DE MON CŒUR...
Même si c'était juste un jeu pour lui...

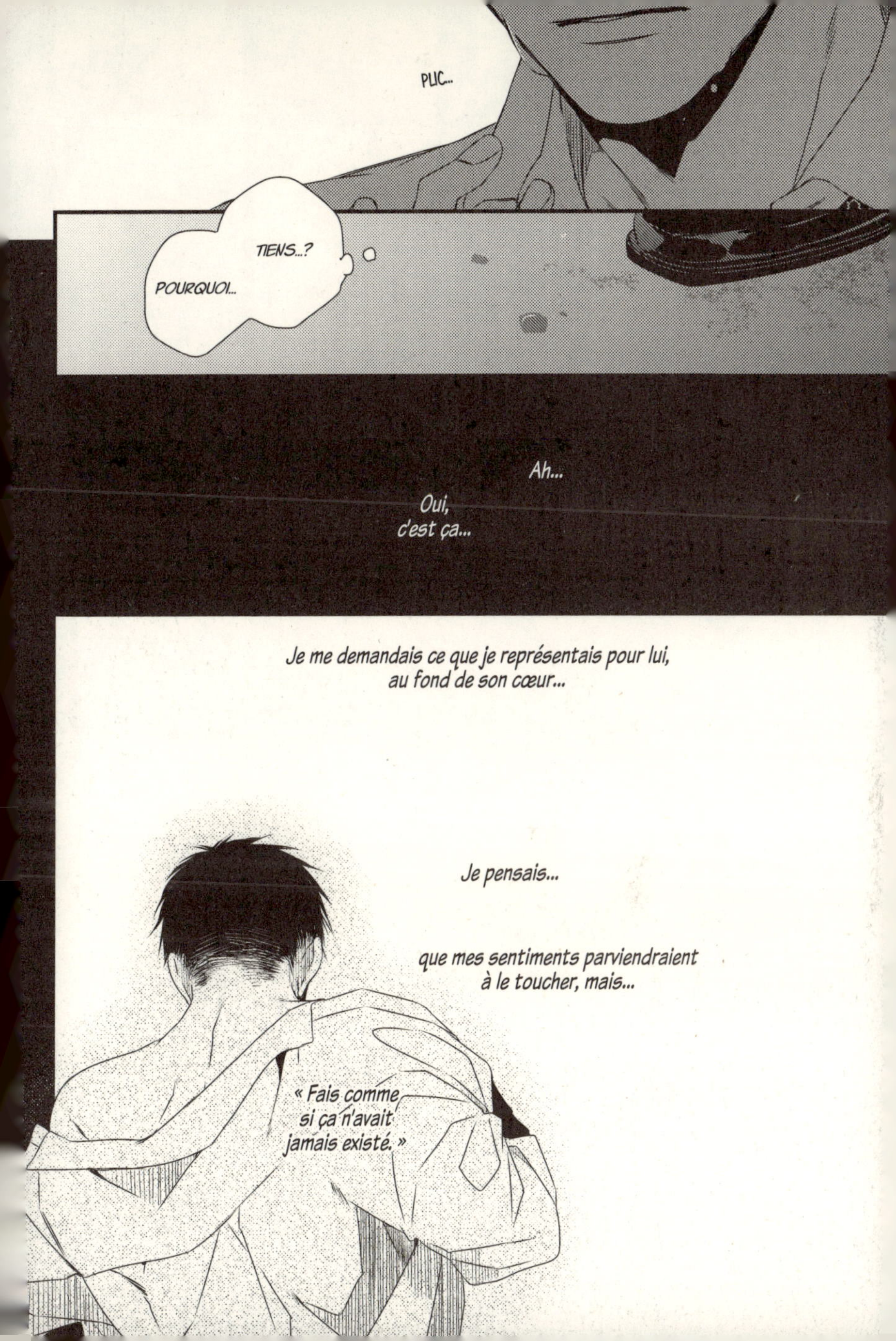
PLIC...
TIENS...?
POURQUOI...
Ah...
Oui, c'est ça...
Je me demandais ce que je représentais pour lui, au fond de son cœur...
Je pensais...
que mes sentiments parviendraient à le toucher, mais...
« Fais comme si ça n'avait jamais existé. »

HAA...
QU'EST-CE QUE T'EN SAIS, TOI ?
TON EX-PETIT AMI...
TU DEVAIS ÊTRE FOLLEMENT AMOUREUX DE LUI, NON ?

C'EST VRAI QUE LE MONDE DES GAYS EST UN PEU PARTICULIER PAR RAPPORT À CELUI DES HÉTÉROS...
MAIS EN ÉCOUTANT LES HISTOIRES DE MES CLIENTS, JE ME DISAIS QUE FINALEMENT, GAY OU HÉTÉRO, LES HISTOIRES D'AMOUR SONT TOUJOURS LES MÊMES.
QUE CE SOIT UN HOMME OU UNE FEMME, JE NE CROIS PAS QUE ÇA AIT DE L'IMPORTANCE.
TU TE DIS ÇA PARCE QUE TU NE FAIS PAS PARTIE DE CE MONDE.
EST-CE QUE TU EN VEUX VRAIMENT À CE TYPE ?
LE FAIT QU'IL T'AIT DIT QU'IL FALLAIT QUE TU OUBLIES TOUT CE QUI S'ÉTAIT PASSÉ... C'EST IMPOSSIBLE, ÇA.
PARCE QUE TES SENTIMENTS T'APPARTIENNENT.
JE NE CROIS PAS QUE CE SOIT ÇA QUI T'AFFECTE LE PLUS... PAS VRAI ?

CE QUI M'ÉNERVE LE PLUS... C'EST QUE JE CONTINUE À EN SOUFFRIR ALORS QUE ÇA FAIT PLUS DE DIX ANS...
POURQUOI...
POURQUOI JE N'ARRIVE PAS À ME LIBÉRER DE MA COLÈRE ?
FUUUUH...
DANS LE TEMPS, J'AI TRAVAILLÉ DANS UN DES BARS DE NARU DANS LE QUARTIER GAY.
J'AI BEAU ÊTRE HÉTÉRO, JE ME SUIS FAIT DRAGUER DE TRÈS NOMBREUSES FOIS.
Ah bon...
TU CHER-CHES À TE VANTER ?

AH BON ? ME DIS PAS QUE T'ES TOMBÉ AMOUREUX DE MOI ?
EN MÊME TEMPS, C'EST VRAI QUE J'AI UN CHARME FOU !
C'est embêtant !
...
MAIS BON...
C'EST PAS DU GÂTEAU DE SORTIR AVEC UN HÉTÉRO.
ÇA FAIT VRAIMENT UNE SI GROSSE DIFFÉRENCE ?
TU NE PEUX PAS COMPRENDRE, ASAHI...
DÈS QUE LA RÉALITÉ LES RATTRAPE, ILS S'ENFUIENT EN COURANT.
POUR EUX, C'EST JUSTE UN JEU QUI AIDE À METTRE UN PEU DE PIMENT DANS LEUR VIE.
IL S'EST ENFUI, TON EX ?
STOP...
EXAC-TE-MENT !
COMME TON EX-FEMME, IL A FAIT UN GOSSE DANS MON DOS ET IL S'EST MARIÉ AVEC LA FILLE !
IL S'EST MÊME PAS EXCUSÉ, IL M'A JUSTE DIT DE TOUT OUBLIER !
EN UNE SEULE PHRASE, IL A RÉUSSI À TOUT FOUTRE EN L'AIR !
BON, IL Y A DES EXCEPTIONS, C'EST VRAI...
EN UNE SEULE PHRASE...

TIENS, REGARDE, LES BÂTIMENTS LÀ-BAS, C'EST MOI QUI EN AI FAIT LES PLANS.
ET LES CONSTRUCTIONS, LÀ-BAS...
QUAND JE REGARDE CETTE VUE PENDANT QUE JE FUME, J'AI L'IMPRESSION QUE MA CLOPE A MEILLEUR GOÛT QUE D'HABITUDE.
PFFT !
TU SAIS QUE JE NE VOIS PAS L'ENDROIT QUE TU MONTRES DU DOIGT, HEIN ?
MAIS...
ÇA A L'AIR SYMPA.
QUAND JE ME SENS UN PEU DÉPRIMÉ, JE VIENS ICI ET JE ME POSE...
ET J'ARRIVE TOUJOURS À ME CALMER.
Ah, je vois...
EN FAIT, ASAHI, T'ES DU GENRE À TE MÊLER DE LA VIE DES AUTRES...
ÇA M'ÉTONNE DE TA PART.
BAH...
D'HABITUDE, NON, MAIS TOI... TU ES SPÉCIAL.

OOH...
JE SAVAIS PAS QU'IL Y AVAIT UN ENDROIT PAREIL PRÈS DE CHEZ NOUS...
C'EST PAS MAL, COMME VUE, HEIN ?
C'EST UN PEU DIFFÉRENT DE CELLE QU'ON A CHEZ NOUS.
DE JOUR, C'EST PAS MAL NON PLUS.

J'ai repensé à mon passé, et ça m'a énervé...
Je suis fatigué...
HAA...
FIOU...
C'EST ENCORE LOIN...?!
ON N'A MÊME PAS MARCHÉ DIX MINUTES.
TU SAIS QUE LES VIEUX MARCHENT UNE À DEUX HEURES PAR JOUR POUR GARDER LA FORME ?
HHH...
J'AI PAS LE TEMPS... DE MARCHER POUR LE PLAISIR...
HAA...
DÉJÀ QUE JE VAIS À LA SALLE DEUX FOIS PAR SEMAINE, CONTRAIREMENT À TOI...
HAA...
TAP...
ALLEZ, ENCORE UN EF- FORT.
Du courage, du courage.
FSCHHH...

GRIP
DANS CE CAS...
ON VA FAIRE UN DÉTOUR POUR RENTRER.
HÉ !
ALLEZ, FAIS PAS DE MANIÈRES !
HÉ !!
Je fais pas de ma-nières !!
ASAHI !!
ET SI TU DESSOÛLES, TANT MIEUX.
Je t'ai eu !
NON, JE T'AI DIT QUE JE RENTRAIS TOUT SEUL...
TAP
TAP
POURQUOI JE FINIS TOUJOURS PAR FAIRE TOUT CE QU'IL VEUT ?
Maintenant que j'y pense, tout a commencé quand je me suis mis à vivre avec Asahi...

HOUP LÀ...
RATTRAPE
AH, C'EST BIEN TOI, MASATO.
JE ME DISAIS BIEN QUE JE T'AVAIS RECONNU.
AH... LA DERNIÈRE PERSONNE QUE J'AI ENVIE DE VOIR...
Pardon ?!
DIS DONC, T'ES COMPLÈTEMENT BOURRÉ, NON ?
POURQUOI T'ES LÀ..? TU REVIENS DU TRAVAIL ?
Lâche-moi...
OUAIS, J'ÉTAIS SUR LE SITE AUJOURD'HUI...
IL FAISAIT CHAUD.
JE VOULAIS BOIRE UN VERRE EN RENTRANT, MAIS J'AI ENCORE UNE RÉUNION DEMAIN.
HMM... DANS CE CAS, DÉPÊCHE-TOI DE RENTRER...
C'EST ÇA, ET JE TE LAISSERAIS TOUT SEUL DANS CET ÉTAT ?
TU VEUX QUE JE TE PORTE EN PRINCESSE JUSQU'À L'APPARTEMENT ?
ニヤ
NYARK
ニヤ
NYARK
PAS QUESTION, ÇA VA ME FAIRE DESSOÛLER ET J'AI PAS ENVIE.
Crétin...
OUSTE
OUSTE

PATRON... ENCORE UN VERRE...
NON, J'ARRÊTE DE TE SERVIR POUR CE SOIR.
C'est ta limite, là.
CLAC
TSS...
CLAC
URGH...
Merde...
VACILLE...
J'AI VRAIMENT TROP BU... HEUREUSE-MENT QUE JE BOSSE PAS DEMAIN...

Dis-moi comment on fait...
Je ne veux plus jamais me noyer dans l'amour au point de perdre de vue tout le reste...

TCHAC
ジョキ
QUAND ON S'EST RENCONTRÉS POUR LA PREMIÈRE FOIS, MASATO, TU ÉTAIS ENCORE AU LYCÉE...
ジョキ
TCHAC
ÇA FAISAIT LONGTEMPS QU'ON NE S'ÉTAIT PLUS VUS... TU AS CHANGÉ, DEPUIS.
TU T'ES FAIT TRAHIR PAR LA PREMIÈRE PERSONNE DONT TU ÉTAIS VRAIMENT AMOUREUX, C'EST ÇA ?
.....
BON, J'AI RATTRAPÉ ÇA COMME J'AI PU...
MAIS IL FAUDRAIT QUE TU PASSES CHEZ LE COIFFEUR POUR TOUT ÉGALISER.
ÇA TE VA BIEN, LES CHEVEUX COURTS, MASATO.
NARU... SI J'ÉTAIS PLUS DOUÉ
POUR COMPRENDRE LES SENTIMENTS DES AUTRES, COMME TOI...
EST-CE QUE J'ARRIVERAIS À M'ÉPARGNER CETTE DOULEUR ?

VOILÀ, TROUVÉ...
TCHAC !
ET DIRE QUE JE L'AI LAISSÉ ME CARESSER LES CHEVEUX...
J'AI EU LA NAUSÉE PENDANT QU'IL ME FORÇAIT...
JE ME SUIS AGITÉ, ALORS IL M'A FRAPPÉ...
JE L'AI FRAPPÉ EN RETOUR.
J'AI PAS LE CHOIX... JE VAIS ME TROUVER QUELQU'UN D'AUTRE...
GRIP
TCHAC
MASATO ? QU'EST-CE QUE TU FAIS ?
IL VOULAIT JUSTE DU SEXE... AVEC N'IMPORTE QUI D'AUTRE, ÇA AURAIT ÉTÉ PAREIL...
SI TU TE CHERCHES QUELQU'UN D'AUTRE AVEC UNE TÊTE PAREILLE, TU RISQUES DE FAIRE PEUR À TOUT LE MONDE.
ÇA M'EST ÉGAL... TANT QUE JE PARVIENS À L'OUBLIER...

TAP
TAP
TAP
TIENS ? C'EST TOI, MASATO ?
NARU...
Lapin
B1
2F
TU T'ES BATTU AVEC QUELQU'UN ?
QUI A OSÉ FRAPPER TON SI JOLI VISAGE ?
STAFF ONLY
CLAC
CLAC
ATTENDS, JE VAIS TE METTRE DU DÉSINFECTANT.

« Tu vas très vite m'oublier... »

OUBLIE CE QUI S'EST PASSÉ ENTRE NOUS.
FAIS COMME SI ÇA N'AVAIT JAMAIS EXISTÉ.
C'EST PLUS FACILE COMME ÇA, NON ?
DOMMAGE, ON AVAIT UNE BONNE COMPATIBILITÉ SEXUELLE...
SURSAUTE
PLAF
ÇA TE DIRAIT QU'ON LE REFASSE UNE TOUTE DERNIÈRE FOIS ?
!?
QUOI...?! NON !!
POURQUOI ? TU PRENAIS TON PIED AVEC MOI IL N'Y A PAS DIX MINUTES, QU'EST-CE QUI NOUS EMPÊCHE DE RECOMMENCER ?
N... NON ! ARRÊTE, KAZUOMI !!
AH !!
FLOUP
C'EST ENCORE TOUT HUMIDE, ICI.

PLAF
TU TE FOUS DE MA GUEULE ?!
HAA...
TU DISAIS QUE TU VOULAIS RESTER AVEC MOI !!
TU L'AS DIT PLEIN DE FOIS !!
TU AS PROFITÉ DE MES SENTIMENTS POUR PASSER DU BON TEMPS, C'EST ÇA ?!
MASATO...
JE CONTINUE À TE TROUVER ADORABLE.
MAIS ÇA NE NOUS APPORTERA RIEN DE RESTER ENSEMBLE.
QUAND TU ES MARIÉ ET QUE TU AS UN ENFANT, LA SOCIÉTÉ T'ACCEPTE MIEUX...
TU LE SAIS TRÈS BIEN, NON ? TOI AUSSI, TU SORS AVEC UNE FILLE DE TON CÔTÉ.
C'EST DIFFÉRENT AVEC MARIÉ, JE TE L'AI DÉJÀ DIT !
MOI... JE N'AIME QUE LES HOMMES...
BREF,

Mais je m'efforçais d'avoir confiance en lui...
JE VAIS ME MARIER.
HEIN...?
QU'EST-CE QUE TU VIENS DE DIRE ?
UNE FILLE QUE J'AI CONNUE AU BOULOT S'EST RETROUVÉE EN CLOQUE.
SES PARENTS L'ONT APPRIS...
JE LEUR AI DIT QUE JE L'ÉPOUSERAIS QUAND J'AURAI UN VRAI BOULOT ET QUE LES CHOSES SE SERAIENT CALMÉES...
ON FERA LA CÉRÉMONIE QUAND LE BÉBÉ SERA NÉ ET QUE TOUT SERA EN ORDRE.
KAZUOMI...
JE NE VIENDRAI PLUS ICI.
IL N'Y AURA QUE LA FAMILLE PROCHE À LA CÉRÉMONIE... JE NE PEUX PAS T'INVITER.

ALLÔ ?
EUH... QUOI, MAINTENANT ? ... D'ACCORD...
Désolé.
C'ÉTAIT LE BOULOT, JE DOIS REMPLACER QUELQU'UN EN URGENCE.
DÉSOLÉ... IL FAUT QUE J'Y AILLE.
AH BON, D'ACCORD...
HÉ, KAZUOMI... QUAND EST-CE QU'ON POURRA SE REVOIR ?
AH, JE T'APPELLERAI QUAND JE SERAI DISPO.
DÉSOLÉ QU'ON NE PUISSE PAS PASSER BEAUCOUP DE TEMPS ENSEMBLE...
JE T'AIME, MASATO.
Pour être honnête...
Tout au fond de moi, j'avais probablement déjà réalisé qu'il y avait un problème.

KSSS
KSSS
KSSS
MASATO, ON DIRAIT QUE T'ES DEVENU UN PEU PLUS DISPONIBLE, CES DERNIERS TEMPS.
AVANT, T'ÉTAIS TOUJOURS COLLÉ À TON COPAIN ET C'ÉTAIT IMPOSSIBLE DE SE VOIR.
TU TROUVES ? J'AI PAS CHANGÉ, POURTANT...
KSSS
ÇA SE PASSE BIEN ENTRE VOUS DEUX ?
KSSS
OUI, ÇA VA BIEN.
KSSS
MAIS KAZUOMI PRÉPARE SON MÉMOIRE DE FIN D'ÉTUDES ET IL TRAVAILLE À CÔTÉ, DONC IL EST TRÈS OCCUPÉ.
C'est vrai que je me sens seul, mais c'est seulement jusqu'à ce qu'il ait son diplôme.
Comment ça se passe avec ta copine, Marié ?
Il suffit que je serre un peu les dents, et après ça, on pourra vivre ensemble...
DRIIIIIIIING
AH...
KAZUOMI, TON PORTABLE...
DRIIIIIIIING
LAISSE TOMBER...
DRIIIIIIIING
DRIIIIIIIING
MAIS IL N'AR-RÊTE PAS DE SONNER...
.....

BISOU
OUI...
MOI AUSSI, J'AI ENVIE...
DIS, MASATO, TU M'AIMES ?
OUI, JE T'AIME...
Parfois, Kazuomi agissait de façon un peu autoritaire...
Mais bien qu'il n'ait que deux ans de plus que moi, il aimait prendre soin de moi...
Il était gentil.
J'aurais fait n'importe quoi pour lui.

FUAAAAH !
Y'A RIEN DE MIEUX QU'UNE BONNE BIÈRE APRÈS LE BAIN !
KAZUOMI, TU ES SÛR QUE TU NE VEUX PAS RENTRER CHEZ TOI ?
NON, JE SUIS TROP BIEN, ICI !
TU FAIS SUPER BIEN LA CUISINE, MASATO, TU ES ATTENTIONNÉ, ET T'ES TROP MIGNON...
AH... TU PRÉFÈRES QUE JE RENTRE CHEZ MOI ? JE T'EMBÊTE ?
Espèce de flatteur...
NON, PAS DU TOUT ! AU CONTRAIRE, ÇA ME FAIT PLAISIR !
PEUT-ÊTRE QU'ON DEVRAIT VIVRE ENSEMBLE ?
JE PEUX PAYER LA MOITIÉ DU LOYER AVEC TOI, ET ON SE CHERCHERA UN APPART PLUS GRAND QUAND J'AURAI TROUVÉ UN BOULOT APRÈS MON DIPLÔME D'UNIVERSITÉ.
HEIN ...?
M...
MAIS... LES GENS NE VONT PAS TROUVER ÇA BIZARRE SI ON LEUR DIT QU'ON VA HABITER ENSEMBLE ?
DÉJÀ QU'ILS NOUS TROUVAIENT TROP COLLÉS L'UN À L'AUTRE AVANT...
T'INQUIÈTE PAS POUR ÇA, MASATO !
C'EST PAS SI RARE QUE ÇA DE VOIR DEUX AMIS QUI PARTAGENT UN APPARTEMENT, SI ?
EN PLUS, J'AI VRAIMENT ENVIE DE VIVRE AVEC TOI...
GRIP
BEER

WHAM !
17:15
Inbox
Sakuma Kazuomi
20XX XX/XX 17:14
Pas trop mal ?
Désolé pour hier, j'y suis allé un peu fort.
Tu étais vraiment trop mignon, Masato.
« Mais ça m'a fait plaisir de savoir ce que tu ressentais. »
« Si tu veux bien, ça te dirait que je revienne chez toi de temps en temps ? »
Je ne savais pas que ça pouvait faire tellement plaisir...
De voir ses sentiments acceptés par la personne qu'on aime.
BWAAAH !
J'étais tellement heureux...
Que j'ai commencé à me faire des espoirs.
Peut-être qu'un jour, quand sa blessure serait refermée, il finirait par tomber amoureux de moi...

POUR ÊTRE HONNÊTE, JE SUIS...
AMOUREUX DE TOI...
AH BON...
OUF !
TANT MIEUX, ALORS ! JE SUIS CONTENT QUE TU NE M'EN VEUILLES PAS !
J'AI L'IMPRESSION QU'IL A UN PEU IGNORÉ MA DÉCLARATION...
MAIS AU MOINS, IL N'A PAS EU L'AIR D'ÊTRE RÉPUGNÉ...
D'UN AUTRE CÔTÉ, IL ÉTAIT BOURRÉ...
C'ÉTAIT JUSTE UN ACCIDENT...
DILING !
BOBOM !

J'AI COUCHÉ...
AVEC SAKUMA-SAN...
RÊVEUR...
JE SAVAIS PAS QUE LE SEXE...
POUVAIT ÊTRE AUSSI BON...
ROULE
ROULE
OUAAAAAH !!
JE SUIS VRAIMENT DÉSOLÉ, MASATO...
JE T'AI FORCÉ À COUCHER AVEC MOI...
NON... TU NE M'AS PAS FORCÉ... J'ÉTAIS D'ACCORD...
NE T'INQUIÈTE PAS...
TU N'AS PAS À T'EXCUSER, SAKUMA-SAN.
EN PLUS,
JE...

SAKU...
MMH...
NHH...!
Nos langues qui s'entremêlaient...
Nos peaux nues qui se touchaient...
Tout ça, c'était une grande première pour moi.
C'était douloureux et angoissant...
Du fond de mon corps, je ressentais un sentiment d'euphorie né de la douleur et du plaisir qui se mélangeaient...
Mes émotions débordaient complètement.

DIS-LE-MOI, MASATO...
LÂCHE...
BOBOM
BOBOM
BOBOM
AH...
SORTIR AVEC QUELQU'UN D'AUTRE, PAR EXEMPLE...
HA-HA-!
JE RIGOLE, HA HA HA !
TU VEUX BIEN ME RÉCONFORTER, MASATO...?

JE SUIS UN PEU JALOUX DE SHIORI-CHAN...
DE VOIR QUE TU L'AIMES AUTANT...
AH...!
JE TE LAISSE MON LIT, MAIS C'EST JUSTE POUR AUJOURD'HUI. ALORS DÉPÊCHE-TOI D'ALLER DORMIR...
FLAP
SI TU AS BESOIN DE FRINGUES DE RECHANGE, TU PEUX...
JE ME SENS TELLEMENT SEUL QUE J'AI ENVIE DE MOURIR...
BOBOM
QU'EST-CE QUE JE DOIS FAIRE POUR RÉUSSIR À L'OUBLIER...?

ON EST ARRIVÉS, SAKUMA-SAN...
JE T'APPORTE UN VERRE D'EAU.
CLAC
NH... MERCI... MASATO...
TIENS...?
ON EST CHEZ TOI...?
LES AUTRES SE SONT BARRÉS EN ME DISANT DE TE RAMENER À LA MAISON,
MAIS JE NE CONNAISSAIS PAS TON ADRESSE...
Merci...
QUOI...? ILS SONT VRAIMENT MÉCHANTS...
DÉSOLÉ, MASATO... T'AS PROBABLEMENT PAS ENVIE DE TE FARCIR UN MEC QUI SE BOURRE LA GUEULE POUR OUBLIER QU'IL S'EST FAIT LARGUER PAR SA COPINE...
HA HA...

Naru m'a amené dans ce café-bar.
Tous les samedis, il y a une soirée «minorités sexuelles», où on peut rencontrer des gens.
Je n'avais pas assez de courage pour faire mon coming-out à mes parents et à mes amis, et j'avais l'impression de n'être bien nulle part.
Mais dans ce bar, j'ai enfin trouvé un endroit où je pouvais être moi-même.
JE COMPRENDS POURQUOI NARU A EU ENVIE DE PRENDRE SOIN DE TOI, MASATO.
SI T'ÉTAIS UNE FILLE, JE SERAIS TOMBÉE AMOUREUSE DE TOI.
QUOI ?! TOI AUSSI, MARIÉ ?
EN PLUS, ON EST DÉJÀ «EN COUPLE», PAS VRAI ?
OUI, MAIS C'EST JUSTE UNE COUVERTURE, NON ?
AH OUI, D'AILLEURS, MERCI BEAUCOUP !
GRÂCE À TOI, J'AI PU ME DÉBARRASSER DE CE MEC QUI NE VOULAIT PAS ME LAISSER TRANQUILLE.
Tu m'as sauvé la vie !
Les sentiments que je ressentais n'étaient pas forcément très agréables...
Mais je parvenais facilement à les laisser de côté.

[*Au Japon, la majorité est à 20 ans.]

BAH, DANS NOTRE CLUB, LA PARTICIPATION EST LIBRE...
Mais ça va être nul si tu viens pas, Masato !
TCHAC !
BONJOUR ! KAZUOMI-KUN EST LÀ ?
AH, SHIORI !
OK !
EXCUSEZ-MOI, JE DOIS Y ALLER.
KAZUOMI A L'AIR FOU DE SA COPINE.
CE GENRE DE FILLES, QUAND ELLES SORTENT AVEC LUI, JE SUIS SÛR QUE C'EST PARCE QUE LEUR INSTINCT MATERNEL LES TITILLE. ELLES ONT ENVIE DE LE PROTÉGER !
J'OSE MÊME PAS IMAGINER COMBIEN DE FILLES IL A DÉJÀ FAIT PLEURER, AVEC SON SOURIRE DE TOMBEUR...
JE SUIS UN PEU JALOUX, JE DOIS DIRE.
Allons, allons.
北海道
ドライブ
mon chaton
ALL GENDER FREE DAY!

Episode 3
LOVENEST

ARRÊTE, SAKUMA-SAN !
JE T'AI DÉJÀ DIT DE NE PAS JOUER AVEC MES CHEVEUX.
FRUTSCH
C'EST PAS COMME SI T'ALLAIS LES PERDRE... RABAT-JOIE.
ET VOILÀ QUE KAZUOMI RECOMMENCE À EMBÊTER HOZUMI...
ON DIRAIT PRESQUE QU'IL LE PREND POUR SON ANIMAL DE COMPAGNIE.
BREF !
AUJOURD'HUI, IL FAUT QUE J'AILLE AU CAMP D'ENTRAÎNEMENT DE MON AUTRE CLUB...
Ah oui...
LE CLUB ALL SPORTS, C'EST ÇA ?
EN TOUT CAS, NOTRE VOYAGE DE CLUB À NOUS A L'AIR PLUS SYMPA, QUAND MÊME !
Y'a rien de plus beau qu'Hokkaido en été !
OH, NON... ET DIRE QUE JE PENSAIS DONNER DE MA PERSONNE POUR APPRENDRE LE MAH-JONG À MASATO...
Donner de sa personne ...?!
ÇA N'A RIEN À VOIR AVEC NOS ACTIVITÉS DE CLUB...
Président, arrête tes blagues !
Je me complaisais dans mes sentiments à sens unique...
Jusqu'au jour où j'ai rencontré Kazuomi...

TU AS VRAIMENT DE BEAUX CHEVEUX, MASATO.
スル
GLISSE...
ビクッ
BOBOM !
À l'époque de l'université, j'étais déjà tombé amoureux de nombreuses fois.
Je sentais mon cœur battre violemment quand j'étais à côté d'eux,
sans savoir comment avouer mes sentiments.
ILS SONT SUPER SOYEUX.

Corrélation entre la distance sur le canapé et notre distance émotionnelle

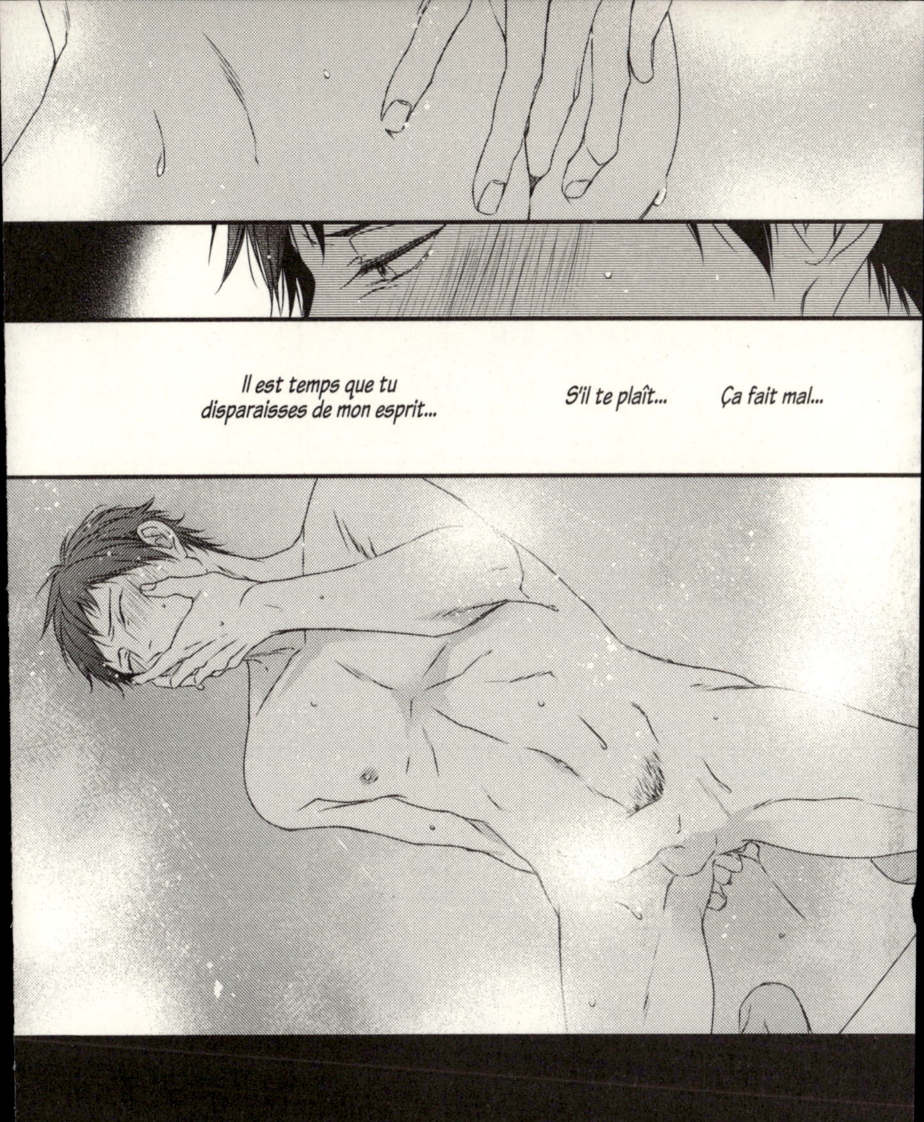
Ça fait mal...
S'il te plaît...
Il est temps que tu disparaisses de mon esprit...

FSHHHHH
Désolé, peux pas
Je n'arrive pas à oublier cette sensation.
La douleur revient toujours.
.....
HAA...
GLISSE...
HAA...
HH...
NHH...
POC...
AH...

C'est de plus en plus difficile de se souvenir.
De se rappeler de sa silhouette...
DILING
Plus le temps passe, plus ma mémoire devient floue.
J'ai rompu avec mon copain… Tu veux bien venir me réconforter, Masato ?
Aa
J'ai rompu avec mon copain… Tu veux bien venir me réconforter, Masato ?
T'es où ?
Et pourtant...

IL A FALLU BEAUCOUP DE TEMPS À ASAHI AUSSI.
LES BLESSURES DU CŒUR SONT INVISIBLES, ET C'EST CE QUI LES REND ENCORE PLUS DANGE-REUSES.
C'EST POUR ÇA QU'IL FAUT ESSAYER DE LES GUÉRIR AVANT QU'IL NE SOIT TROP TARD.
J'AIMERAIS BIEN GUÉRIR VITE.

QUEL POIDS-PLUME, LUI ALORS... IL A PAS CHANGÉ.
ZZZZZ...
BON, JE RETOURNE DANS MON AUTRE CHEZ MOI.
IL EST VRAIMENT TRÈS MATURE, ASAHI...
PEUT-ÊTRE QUE C'EST PARCE QU'IL EST PLUS VIEUX ?
TOI AUSSI, MASATO, TU MÛRIS PETIT À PETIT, NON ?
CES DERNIERS TEMPS, TU N'ESSAIES PLUS DE BRISER LES COUPLES COMME TU LE FAISAIS AVANT, IL PARAÎT.
JE SAVAIS QUE C'ÉTAIT STUPIDE DE FAIRE ÇA...
Non seulement ça ne remplissait pas le trou béant dans mon cœur...
Mais ça ne faisait qu'empirer ma douleur, et ça blessait les autres.
JE SAVAIS PARFAITEMENT QUELLES SERAIENT LES CONSÉ-QUENCES, MAIS JE NE POUVAIS PAS M'EN EMPÊCHER.
À MON ÂGE... TU PARLES D'UN GAMIN.

AH BON...
QUEL COURAGE.
PAS VRAIMENT...
POUR MOI, LE PLUS IMPORTANT, C'ÉTAIT DE NE PAS OUBLIER QU'IL Y A EU DE L'AMOUR ENTRE NOUS À UN MOMENT DONNÉ.

Bon, j'ai faim.
Y'a de quoi faire dans le frigo.
HÉ, MASATO,
TON VERRE EST VIDE.
DIS...
TA FEMME T'A TROMPÉ...
TU LUI EN VEUX ENCORE ?
... JE LUI EN AI VOULU LONGTEMPS.
MAIS PLUS LE TEMPS PASSAIT, PLUS JE ME RENDAIS COMPTE QUE C'ÉTAIT MOI QUI ÉTAIS MALHEUREUX,
ET C'EST DEVENU INSUPPOR-TABLE.
EN PLUS, J'AI FAIT DES ERREURS, MOI AUSSI.
EN FAIT, QUAND J'Y REPENSE, JE REGRETTE SURTOUT DE NE PAS AVOIR RÉUS-SI À LA RENDRE HEUREUSE.

MAIS C'EST SIMPLEMENT PARCE QU'ELLE EST TOMBÉE AMOUREUSE D'UN AUTRE HOMME.
ET QUAND ELLE EST TOMBÉE ENCEINTE DE LUI, IL N'Y AVAIT PLUS GRAND-CHOSE D'AUTRE À FAIRE.
C'EST BANAL, COMME HISTOIRE.

QUAND JE VAIS LÀ-BAS, JE VAIS PRENDRE DE SES NOUVELLES POUR ASAHI. IL S'INQUIÈTE TELLEMENT POUR LUI...
IL EST EN MAUVAISE SANTÉ DEPUIS QU'IL EST PETIT.
IL A MÊME ÉTÉ HOSPITALISÉ PENDANT...
DU MOMENT QU'IL VA BIEN, C'EST LE PLUS IMPORTANT.
ARRÊTE DE PARLER DE ÇA, NARU.
OK, OK. TU FAIS PEUR, QUAND TU FAIS CETTE TÊTE.
VOILÀ POURQUOI TA FEMME T'A QUITTÉ.
PAS VRAI, MASATO ?
NON.
C'EST VRAI QU'ELLE M'A QUITTÉ...

HEIN ? ÇA VA PAS LA TÊTE ?
COMME SI J'ACCEPTERAIS DE COUCHER AVEC UN VIEUX PAPI HÉTÉRO.
JE SUIS SÛR QUE SI C'ÉTAIT ARRIVÉ, TU N'AURAIS MÊME PAS ÉTÉ SURPRIS.
AU CONTRAIRE, JE ME SERAIS JOINT À VOUS !
Per-vers...
AU FAIT, ASAHI...
J'AI VU KÔ-KUN. IL A L'AIR D'ALLER BIEN.
KÔ-KUN ?
LE PETIT FRÈRE D'ASAHI. IL VIT À LOS ANGELES.
AH BON...

QUOI ?
RIEN...
J'ARRIVE PAS À IMAGINER QUE TU SOIS ALLÉ AU LYCÉE UN JOUR, NARU.
DIS DONC, MASATO, SI JE ME SOU-VIENS BIEN, TOI AUSSI TU ENTRES DANS LA TRENTAINE, CETTE ANNÉE, PAS VRAI ?
Malpoli !
.....
Ah oui, vraiment ?
ON N'A QUE HUIT ANS DE DIFFÉRENCE, ALORS. TOI AUSSI, TU DEVIENS VIEUX !
C'EST L'HÔPITAL QUI SE FOUT DE LA CHARITÉ !
HA HA HA !
ON DIRAIT QUE VOUS VOUS ENTENDEZ BIEN, TOUS LES DEUX, ÇA ME FAIT PLAISIR.
C'EST PAS VRAIMENT ÇA...
PAS PLUS QUE ÇA.
MAIS ON A FAIT DES COMPROMIS POUR COHABITER TRANQUILLEMENT.
EN PLUS, IL NE VA PAS TARDER À DÉMÉNAGER.
MH...
EXACTEMENT.
AH BON ?
JE CHERCHE UN APPARTEMENT, MAIS JE N'EN AI ENCORE TROU-VÉ AUCUN QUI ME PLAÎT.
ET MOI QUI AVAIS LE CŒUR BATTANT EN PENSANT QUE JE VOUS TROUVERAIS PEUT-ÊTRE EN TRAIN DE FAIRE L'AMOUR EN RENTRANT À LA MAISON...

FATIGUÉ...
RAYONNANT
NARU, ON PEUT PAS DEVINER SON ÂGE QUAND ON LE REGARDE...
CONTRAIRE-MENT À TOI, ASAHI !
HI HI !
DÉSOLÉ DE VIEILLIR, HEIN.
ASAHI ET MOI, ON SE SUPPORTE TANT BIEN QUE MAL DEPUIS LE LYCÉE.
PAS VRAI ?
AH OUAIS ?!
Je ne me suis jamais vraiment intéressé à la vie privée de Naru jusqu'ici, mais...
IL A LAISSÉ SON COPAIN DE LYCÉE DIVORCÉ VENIR VIVRE CHEZ LUI...
ILS DOIVENT ÊTRE DRÔLEMENT PROCHES, TOUS LES DEUX.
C'est vrai que tu prends des rides, dis donc !
TA GUEULE...

.....
NARU, ÇA FAIT TROIS SEMAINES QUE T'ES PARTI.
ON DIRAIT QUE T'AS BIEN APPRÉCIÉ TON SÉJOUR...
HUM ? EH BEN, POURQUOI VOUS FAITES CES TÊTES-LÀ ?
CHAQUE FOIS QUE JE REGARDAIS LE CIEL BLEU IMMENSE QUAND J'ÉTAIS À LA PLAGE, JE PENSAIS À VOUS !
OUAIP...
NARU A PROFITÉ DE SES VACANCES À LA PLAGE.
J'AI RAMENÉ DU VIN, ON N'A QU'À TRINQUER TOUS LES TROIS !
C'EST BIENTÔT L'ANNIVERSAIRE D'ASAHI, EN PLUS.
Allez, on trinque !
Quoi ?! Du Opus One ?!
Cuvée 2012 !
AH LÀ LÀ...
HEIN ?!
SÉRIEUX ? VOUS N'AVEZ JAMAIS PENSÉ À VOUS METTRE EN COUPLE, NARU ET ASAHI ?
POURTANT, VOUS AVEZ TRENTE-HUIT ANS TOUS LES DEUX...

J'AURAIS PEUR QUE TU ME MORDES.
Ca fait peur !
BLUSH...
ENFOIRÉ !
SI TU SAVAIS LE NOMBRE DE PERSONNES QUE J'AI FAIT JOUIR AVEC CETTE BOUCHE !!
TCHAC !
HA HA HA !!
JE SUIS DE RETOUR !!
VOUS SAVEZ QUOI ?! LES PHOQUES À SAN DIEGO SONT VRAIMENT TROOOP MIGNONS !!

C'EST PEUT-ÊTRE PAS UNE MAUVAISE IDÉE.
FUIP
BWA HAHA !
IDIOT ! C'ÉTAIT UNE BLAGUE...
MAIS...
FLOUP
!
AVEC DES DENTS PAREILLES...

CLAC
PUISQU'ON PARLE DE TECHNIQUE...
MOI, JE SUIS SUPER DOUÉ POUR FAIRE DES FELLATIONS.
HEIN ?
TU VEUX ESSAYER ?
TU ME PAIERAS EN FONCTION DE TON NIVEAU DE SATISFACTION.

ALLÔ ?
SALUT, RINA-CHAN.
TCHAC
OUI... D'ACCORD, ON SE FERA ÇA BIENTÔT.
Salut.
Eh bien eh bien...
OH OH... C'EST QUI, CETTE RINA-CHAN ?
TA COPINE ?
PAS DU TOUT. C'EST UNE FILLE D'UN CLUB D'HÔTES.
Un client m'y a emmené l'autre fois.
HA HA !
C'EST VRAI QU'EN TE VOYANT, ON NE VOIT PAS COMMENT TU POURRAIS ÊTRE EN COUPLE.
J'ESPÈRE QUE T'ES PAS TROP FRUSTRÉ, EN BAS.
T'INQUIÈTE PAS POUR ÇA.
LES FILLES DU CLUB SONT LÀ POUR MOI QUAND C'EST LE CAS.
SÉRIEUX ?
PERSO, JE PRÉFÈRE ME SOULAGER TOUT SEUL PLUTÔT QUE DE DÉPENSER DU FRIC POUR UNE RELATION SEXUELLE...
REMARQUE, MÊME QUAND JE N'AI PAS DE COPAIN, JE TROUVE TOUJOURS QUELQU'UN AVEC QUI COUCHER...
MOI, PLUTÔT QUE DE RAMASSER N'IMPORTE QUI DANS UN BAR, JE PRÉFÈRE FAIRE ÇA AVEC DES PROS, C'EST PLUS SÛR ET PLUS AGRÉABLE.
NE SOUS-ESTIME PAS LA TECHNIQUE DES PROFESSIONNELLES.
OUAH...
TU PARLES COMME UN VIEUX DÉBRIS...

LA SALLE DE BAIN EST LIBRE.
PLIC
OK, J'IRAI APRÈS AVOIR REGARDÉ MA SÉRIE.
TU VEUX BOIRE UN COUP ?
OUAIP.
T'AS L'AIR DE BONNE HUMEUR AUJOURD'HUI, MASATO.
HI HI
AH BON ? PEUT-ÊTRE...
« Y'a rien de mieux qu'une bonne bière après le bain. »
QU'EST-CE QUI T'ARRIVE ?
RIEN...
J'AI L'IMPRESSION QU'ON N'AURA PAS ASSEZ À BOIRE.
OOH, C'EST UNE ÉMISSION SPÉCIALE AUJOURD'HUI !
PIULULU

Espèce de tyran...
Grâce à moi, tu vas t'y habituer, tu verras !
NYARK
NYARK
NYARK
Au début, quand on s'est rencontrés, je le prenais pour un gros relou,
Mais en fait, il peut être vraiment mignon, parfois.
Bonne soirée !
DILING
Ritsu...
Tu viens à la soirée samedi ? Il y aura un mec qui pourrait te plaire !
HMPF...
JE SUIS PAS D'HUMEUR À ÇA EN CE MOMENT.
.....
FLOUP
Désolé, je passe mon tour. J'ai trop de boulot
abc
def
ghi

Quoi ?
Tu croyais que je préparerais plein de légumes pour t'emmerder ?
Te connaissant, je m'y attendais, oui.
Bon appétit.
Alors ?
MIOM
もぐ
MIOM
C'est vraiment délicieux, Masato.
Surtout le poulet...
La peau est super croustillante...
Et ça, qu'est-ce que c'est ?
C'est trop bon.
NYARK
C'est des gnocchis de potiron.
Et pour le poulet, c'est de la sauce au céleri. J'en ai mis plein !
BLEURGH !
ゴフッ
Tu vois que tu peux en manger !

QU'EST-CE QUI TE FAIT RIRE ?
AH...
RIEN, JE REPENSAIS À QUELQUE CHOSE DE DRÔLE...
AH BON... C'EST RARE DE TE VOIR RIGOLER COMME ÇA.
HI HI !
D'HABITUDE, TU AS TOUJOURS L'AIR TELLEMENT SÉRIEUX ET DÉTACHÉ...
SINON, À PROPOS DE CES CHIFFRES...
OUAIS, OUAIS...
C'est malin, j'ai rigolé tout seul devant mes collègues...
MAIS ÇA ME FAIT TROP RIRE QUAND JE ME RAPPELLE DE LA TÊTE QU'IL A FAITE À CE MOMENT-LÀ.
PFFT !
HI HI HI !

JE TE PRÉVIENS, T'AS INTÉRÊT À MANGER TOUT CE QUE JE FAIS SANS TE PLAINDRE.
T'AS CONNU LE PARADIS, APPRÊTE-TOI À CONNAÎTRE L'ENFER, MAINTENANT.
HÉ HÉ
.....
HÉ, ASAHI !
ÇA TE DIRAIT DE BOIRE DU VIN OU DU WHISKY À LA PLACE DU SAKÉ ?
J'aime bien les alcools occidentaux de temps en temps.
PFFT !

CHOPE
AH...
REPOSE
C'EST PAS POUR ME VANTER, MAIS JE DÉTESTE LES LÉGUMES.
Surtout le céleri, le potiron, la coriandre et les aubergines.
T'AS DIX ANS OU QUOI ?!
T'as raison, y'a pas de quoi se vanter !!
ET TON EX-FEMME NE TE FAISAIT PAS DE REMARQUES LÀ-DESSUS ?
NON, ELLE DÉTESTAIT LES LÉGUMES ENCORE PLUS QUE MOI.
POUR MOI, C'ÉTAIT LE PARADIS.
AH OUAIS ?

Il est pas possible, ce mec...
J'AVAIS RAISON DE NE PAS L'ENVOYER FAIRE LES COURSES TOUT SEUL...
Et si c'était moi qui payais la nourriture ?
Hein ?
Et en échange, tu veux que je cuisine pour toi aussi ?
Peut-être pas tous les jours, mais j'aimerais bien manger ce que tu prépares de temps en temps.
Ou bien c'est trop galère de cuisiner pour deux personnes ?
En fait... Ça ne me rajoute pas beaucoup de boulot et c'est lui qui achète les ingrédients, donc on peut dire que c'est tout bénef pour moi.
egetable
MAIS J'AI QUAND MÊME L'IMPRESSION QU'IL ME MANIPULE POUR QUE JE FASSE CE QU'IL VEUT...
Bi-zarre...
ET PUIS, QUEL GÂCHIS DE PASSER MA JOURNÉE DE REPOS À FAIRE LES COURSES AVEC LUI...
FLOUP
OH...
LE CÉLERI EST EN PROMO.

MOI, JE FAIS ÇA PARCE QUE J'AIME UTILISER DES APPAREILS DE CUISINE DERNIER CRI ET PARCE QUE J'AIME ESSAYER DES RECETTES.
MAIS JE N'AIME PAS SPÉCIALEMENT CUISINER, EN FAIT.
QUE ÇA SOIT FAIRE LA CUISINE OU MANGER EN VILLE, ÇA COÛTE DE L'ARGENT...
DANS CE CAS, POURQUOI ON NE FERAIT PAS UN AUTRE PACTE ?
?
SAMEDI.
Poocock
OH, ÇA A L'AIR BON, ÇA !
FLOUP
ポイ
FLOUP
ポイ
お徳用チータラ
HÉ ! METS PAS N'IMPORTE QUOI DANS LE CADDIE !
FAUT D'ABORD REGARDER LA DATE DE PÉREMPTION.
QUAND ON L'AURA BOUFFÉ, CE SERA DU PAREIL AU MÊME.

DÉSOLÉ...
MAIS ÇA FAIT TELLEMENT LONGTEMPS QUE JE N'AI PLUS MANGÉ DE LA CUISINE MAISON...
C'ÉTAIT TROP BON, EN PLUS...
J'ÉTAIS ÉMU...
TE FATIGUE PAS, ÇA MARCHE PAS SUR MOI.
TSS !
DIRE QUE J'ÉTAIS SUR LE POINT DE LÂCHER UNE PETITE LARME POUR T'ATTENDRIR...
GLACIAL...
POURQUOI TU NE CUISINES PAS, TOI ?
J'AI DÉJÀ ESSAYÉ, MAIS C'ÉTAIT UN TEL DÉSASTRE QUE NARU M'A SUPPLIÉ D'ARRÊTER.
PERSO, JE VOIS PAS POURQUOI JE TE FERAIS À BOUFFER ALORS QUE JE SUIS MÊME PAS PAYÉ POUR ÇA.
Tout ce que je te vois manger, c'est des nouilles lyophilisées.
MERDE, J'AI ENVIE DE RIGOLER...

ET TOI, TU VEUX TE PLAINDRE DE TON BOULOT ? J'Y CONNAIS PAS GRAND-CHOSE EN ARCHITECTURE, MAIS BON...
AH... EH BEN, AUJOURD'HUI...
UN CLIENT M'A DEMANDÉ DE RECOMMENCER DEPUIS LE DÉBUT DES PLANS QUI ÉTAIENT DÉJÀ À 90% TERMINÉS.
TOUT LE TRAVAIL QUE J'AI FOURNI CETTE SEMAINE N'A SERVI À RIEN.
AH OUAIS, DUR...
OUAIS, MAIS ÇA ARRIVE SOUVENT.
MAIS DIS-MOI PLUTÔT...
POURQUOI MON VERRE EST SI PETIT ?!
Y'a rien à boire, là-dedans !
POF
JE NE VOULAIS PAS QUE TU SOIS BOURRÉ AVANT QU'ON AIT FINI DE PARLER.
Comme ça, on peut boire au même rythme, tous les deux.
JE TE RAPPELLE QUE TU AS ACCEPTÉ DE BOIRE AVEC MOI.
ALORS À QUOI ÇA SERT DE ME RES-TREINDRE ?
ピク GRR...
TU LE PRENDS COMME ÇA ? DANS CE CAS, J'AI UN TRUC OU DEUX À DIRE, MOI AUSSI.
ARRÊTE DE BOUFFER LES PLATS QUE JE ME PRÉPARE POUR MOI !
Je parle de mon poulpe mariné !
AH, ÇA ? MAIS IL ÉTAIT TOMBÉ DE L'AUTRE CÔTÉ DE LA LIGNE.
J'AI RESPECTÉ LES RÈGLES.
C'EST DE LA TRICHE, ET TU LE SAIS !!

LA RÉUNION A DURÉ SEPT HEURES ! C'ÉTAIT N'IMPORTE QUOI !
ÇA A L'AIR COMPLIQUÉ D'ÊTRE INGÉNIEUR SYSTÈME.
En plus, personne n'a réussi à trouver de compromis...
FAIT CHIER... TOUT LE MONDE SAIT BIEN QUE C'EST IMPOSSIBLE DE CRÉER UN SYSTÈME QUI RÉPOND AUX EXIGENCES DE TOUS LES DÉPARTEMENTS !
C'EST CLAIR. EN PLUS, COMME C'EST MOI LE CHEF DE PROJET, C'EST MOI QUI DOIS FAIRE DES AJUSTEMENTS PAR-CI PAR-LÀ...
NON SEULEMENT J'AVAIS DÉJÀ LA MIGRAINE, MAIS EN PLUS, LE PROGRAMMEUR QUI EST CHARGÉ DES NOUVELLES RECRUES M'A PONDU UN PROGRAMME EN UTILISANT UN CODE BEAUCOUP TROP COMPLIQUÉ ! IL AVAIT L'AIR TELLEMENT FIER DE LUI, EN PLUS...
ÇA A PRIS UNE ÉTERNITÉ À CHARGER ET LE PROGRAMME ÉTAIT BOURRÉ D'ERREURS !
PARFOIS, LES GENS ONT TROP CONFIANCE EN LEURS TALENTS... ÇA LUI SERVIRA DE LEÇON.
GRAAAH !
HAA...
C'EST COMPLIQUÉ DE SE PLAINDRE DE CE GENRE DE CHOSES À MES COLLÈGUES DE BOULOT OU À MES AMIS.
ÇA FAIT DU BIEN D'EN PARLER À QUELQU'UN À QUI JE NE DOIS RIEN.
Je me sens mieux !

ASAHI ME PIQUE MA BOUFFE DÈS QU'IL EN A L'OCCASION...
TAC
TAC
IL FAIT TOUS SES COUPS EN DOUCE, EN PLUS !
TAC
AH !
HOZUMI-SAN ! À PROPOS DE LA RÉUNION DE 10H...
IL Y AURA PLUS DE MONDE QUE PRÉVU, DONC ELLE A ÉTÉ DÉPLACÉE DANS LA SALLE DE RÉUNION AU TROISIÈME ÉTAGE.
ENTEN-DU !
LA RÉUNION D'AU-JOURD'HUI, C'EST PAS POUR REDÉFINIR LES EXIGENCES DE DISTRIBUTION AVEC LE DÉPARTEMENT DE PRODUCTION ?
S'IL Y A BEAUCOUP DE MONDE, ÇA VA ÊTRE LE BOR-DEL ET ÇA VA PRENDRE UN TEMPS FOU...
HOZUMI-SAN !
ON A LES RÉSULTATS DES TESTS DU PROJET D'AMÉLIORATION DES PLANS. VOUS POURRIEZ Y JETER UN ŒIL DESSUS ?
AH, VOUS AVEZ FINI DE MODIFIER LE PROGRAMME ?
VOYONS VOIR...
MMH ?

Episode 2

LOVENEST

DE TOUTE FAÇON, JE N'Y METS QUE DES BIÈRES ET DES SNACKS.
Bon allez, bonne nuit.
C'EST VRAI, ÇA...
ALORS QUE MOI, JE PRÉPARE BEAUCOUP DE PLATS EN AVANCE... JE PEUX PRENDRE UN PEU PLUS DE PLACE QUE TOI ?
HAA...
QU'EST-CE QU'IL EST TATILLON, CE MEC...
SCHRIIIC
CHUCHOTE
EH OH !
D'ABORD, ON N'EN SERAIT PAS LÀ SI TU NE ME PIQUAIS PAS MA BOUFFE TOUT LE TEMPS !
Je t'ai entendu !
C'est bon !
MAIS QUAND JE T'EN PIQUE, JE TE L'AVOUE TOUJOURS.
L'IMPORTANT, C'EST PAS DE L'AVOUER, C'EST DE NE PAS LE FAIRE !!

À GAUCHE DE LA LIGNE, C'EST MON CÔTÉ.
ET TOI, ASAHI, TU METTRAS TES TRUCS À DROITE.
C'EST RELOU...
ÇA AURAIT ÉTÉ PLUS SIMPLE DE FAIRE DES SÉPARATIONS PAR ÉTAGE.
AH NON ! L'AIR N'EST PAS À LA MÊME TEM-PÉRATURE PARTOUT,
Les sauces, on peut les partager.
ALORS ON NE PEUT PAS SE CONTENTER DE SÉPARER PAR ÉTAGE ET METTRE DES INGRÉDIENTS À LA MAUVAISE PLACE.
BLA
BLA
AAAH, OK, C'EST BON, J'AI PIGÉ !
FAIS COMME TU VEUX.

Corrélation entre la distance sur le canapé et notre distance émotionnelle

Mais moi,
je me suis juré...

De ne plus jamais
commettre la même erreur.

« C'était délicieux,
Masato. »
SI T'AS ENVIE, UN JOUR, N'HÉSITE PAS À M'EN REFAIRE.
Marié a peut-être raison.
Quand on vit avec quelqu'un, même si on ne le connaît pas bien...
C'est plus facile d'oublier sa solitude et son inquiétude.

Au moins, maintenant, il jette ses déchets...
Et la table basse reste propre...
PEUT-ÊTRE QUE J'Y SUIS ALLÉ UN PEU FORT.
CET APREM, JE VAIS LOUER UN DVD ET LE REGARDER SUR LE HOME CINÉMA !
Et je me ferai une pizza pour ce midi.
REMARQUE, IL FAUDRAIT PEUT-ÊTRE QUE J'EN PROFITE POUR ALLER DANS UNE AGENCE IMMOBILIÈRE...
HÉ, MASATO.
QUOI ? JE T'AI DÉJÀ DIT QUE C'ÉTAIT PAS LA PEINE DE ME REMBOURSER LA SALADE.
NON, JE VOULAIS JUSTE TE DIRE QU'ELLE ÉTAIT DÉLICIEUSE.
MERCI.
STOP...

TCHAC
QUOI ? T'AS VU UNE SOURIS ET T'AS EU PEUR ?
OUAIS, ELLE A MANGÉ LE FROMAGE QUE J'AVAIS CACHÉ DANS UN COIN...
C'était drôle
ALLEZ, ÇA SUFFIT LES BLAGUES !!
T'AS MANGÉ LA SALADE DE POMMES DE TERRE QUE J'AVAIS MISE DANS LE FRIGO !
LA SALADE DE POMMES DE TERRE ?
AH OUI, C'EST VRAI... J'AVAIS FAIM.
POURQUOI, ELLE ÉTAIT À TOI ?
À QUI D'AUTRE, À TON AVIS ?!
OK, OK...
ÇA VEUT DIRE QUE JE DOIS T'EN RACHETER UNE, C'EST ÇA ?
C'est bon, désolé...
LAISSE TOMBER... C'EST MOI QUI L'AVAIS FAITE.
LA PROCHAINE FOIS, T'AS PLUS INTÉRÊT À BOUFFER MES TRUCS.

BAM
EH !
ASAHI !
BAM
JE SAIS QUE T'ES RÉVEILLÉ !

Moi...
Je voulais juste
retrouver ma tranquillité...
CUI
CUI
CUI

OUAH, IL A MÊME UN CABINET À LUI ?
Cabinet d'architecture Yajima
Représentant : Asahi Yajima
Architecte agréé
XXXX
XXXX–XX–XX
C'EST SON PRÉNOM, ASAHI ? JE CROYAIS QUE C'ÉTAIT SON NOM DE FAMILLE...
MH ? YAJIMA...?
HMMM
ROULE
GYAH !!
GLISSE
IL EST PAS POSSIBLE, CE MEC !!
JE NE VOIS PAS CE QUE ÇA A DE RASSURANT DE VIVRE AVEC UN TYPE QU'ON NE CONNAÎT PAS DU TOUT !
SURTOUT QUELQU'UN COMME LUI...

CLAC
カララ
スャ
ZZZZZZ...
Sérieux...
IL LUI A SUFFI DE DEUX VERRES DE SAKÉ POUR ÊTRE HS...
MOI QUI LE PRENAIS POUR UN BON BUVEUR, EN FAIT, C'EST L'INVERSE... MÊME S'IL A L'AIR DE BEAUCOUP AIMER LE SAKÉ.
ENFIN, SI JE DOIS BOIRE AVEC LUI, C'EST TANT MIEUX POUR MOI.
HÉ, ASAHI-SAN...
ASAHI... TU VAS ATTRAPER UN RHUME.
ZZZZZ...
Il est irrécupérable...

BAH, J'IMAGINE QUE VOUS NE VOUS AIMEZ PAS PARCE QUE VOUS VOUS RESSEMBLEZ TROP...
BREF, SI TU VEUX CONTINUER À TE PLAINDRE, JE T'ÉCOUTE.
On se ressemble trop ? Peut-être.
HAHA !
N'em-pêche, Masato…
Ça ne te rassure pas de savoir que tu vis avec quelqu'un ?
Tu as toujours détesté la solitude.
ÇA, C'ÉTAIT AU TEMPS DE L'UNIVERSITÉ...
J'AI CHANGÉ DEPUIS, TU SAIS.
Vraiment…?
Moi, je crois que ce n'est pas si facile de changer sa véritable nature.

C'EST PAS DRÔLE, MARIÉ !
Mais c'est rare quand quelqu'un parvient à te manipuler comme ça, Masato.
Comment il est, ce type ? Raconte.
IL NE M'A PAS MANIPULÉ !
Il est vieux. Y'a rien à raconter.
JE ME DEMANDE SI JE NE DEVRAIS PAS VENIR SQUATTER CHEZ TOI, MARIÉ...
Moi, ça m'est égal… Mais je croyais que tu ne t'entendais pas avec ma copine ?
Par-don ?
EH OH...
T'EN METS DU TEMPS À TÉLÉ-PHONER...
Le bain est prêt !
DÉSOLÉE !
J'aimerais bien qu'on s'entende bien, moi. Mais quand Hiyori-chan est en colère, elle gonfle les joues comme un poisson-globe…
Je t'ai entendu, Masato-kun…
Tu vois ? C'est parce que tu dis toujours des trucs comme ça qu'elle se met en colère !
HI HI HI !

OOH...
AH BON... D'ACCORD, MASATO.
MOI AUSSI, TU PEUX M'APPELER JUSTE «ASAHI».
C'EST DUR À PRONONCER, «ASAHI-SAN».
TU RISQUERAIS DE TE MORDRE LA LANGUE ACCIDENTELLEMENT.
PAS SI JE FAIS ATTENTION.
純米酒
Ha ha ha ha !

T'ES VRAIMENT SOURNOIS, EN FAIT...
REMARQUE, J'AURAIS DÛ M'Y ATTENDRE, PUISQUE T'ES AMI AVEC NARU...
JE T'AI MIS MAL À L'AISE ?
DÉSOLÉ.
Je vois...
NARU RAMÈNE SOUVENT SOIT DES HOMMES, SOIT DES FEMMES À LA MAISON... LE SEXE N'A PAS D'IMPORTANCE, TANT QU'IL A DE L'AFFECTION POUR EUX.
ET ÇA FAIT UN BAIL QUE JE SUIS AMI AVEC LUI. TU CROIS VRAIMENT QUE TES PRÉFÉRENCES SEXUELLES ME DÉRANGENT ?
MAIS BON, SI TU TROUVES QUE C'EST INJUSTE QUE J'EN SACHE PLUS SUR TOI QUE TOI SUR MOI, JE PEUX TE RACONTER MES HISTOIRES D'AMOUR PENDANT QU'ON BOIT UN COUP, SI ÇA TE DIT ?
NON MERCI. ÇA M'ENNUIE DÉJÀ.
AU FAIT, JE NE SAIS PAS SI TU LE SAIS, MAIS J'AI UN NOM, ET TU PEUX L'UTILISER.
JE M'APPELLE MASATO HOZUMI.
Autant faire les présentations correctement.

ON N'EST NI COLLÈGUES DE TRAVAIL, NI MÊME AMIS, ON EST JUSTE DEUX INCONNUS QUI HABITENT ENSEMBLE.
TU NE TROUVES PAS ÇA PLUS AGRÉABLE DE BOIRE AVEC QUELQU'UN DEVANT QUI TU PEUX GERBER PARTOUT UNE FOIS BOURRÉ SANS AVOIR PEUR DES CONSÉQUENCES ?
C'EST MIEUX QUE DE VOMIR CONTRE LE MUR PARCE QU'ON A PEUR DE CE QUE LES AUTRES DIRONT, PAS VRAI ?
MOI, C'EST CE QUI M'INTÉRESSE.

GRIP
TU CONTRÔLES SOIGNEUSEMENT TES EXPRESSIONS, MAIS CETTE FOIS, TU N'AS PAS PU T'EMPÊCHER DE RÉAGIR.
TU VEUX ME METTRE EN COLÈRE ?
QUOI, TU SORS LES GRIFFES PARCE QUE JE T'AI PRIS AU DÉPOURVU AVEC CE QUE J'AI DIT ?
GRRR...
C'EST TOUJOURS PLUS FACILE DE PARLER AVEC DES GENS QUI MONTRENT HONNÊTEMENT LEUR RÉACTION.

.....
ET QU'EST-CE QUE TU DIRAIS SI C'ÉTAIT LE CAS ?
HONNÊTE-MENT, JE N'EN SAIS RIEN.
PFF !
T'INQUIÈTE PAS POUR ÇA.
EN RÈGLE GÉNÉRALE, JE PRÉFÈRE LES HOMMES QUI SONT PROPRES ET ORDONNÉS.
D'AILLEURS, POURQUOI EST-CE QUE TU ME POSES UNE QUESTION AUSSI PER-SONNELLE, D'UN COUP ?
SI C'EST POUR FAIRE EN SORTE QU'ON SE RAPPROCHE, ÇA RISQUE DE TE JOUER DES TOURS, NON ?
TU CROIS ? MOI, J'AI EU CE QUE JE VOULAIS : UNE RÉACTION HONNÊTE DE TA PART.

TOUS MES POTES SONT AUSSI AMIS AVEC MON EX-FEMME, DONC ILS RESTENT PRUDENTS QUAND ON PARLE ENSEMBLE.
MÊME SI ÇA FAIT DÉJÀ SIX ANS DEPUIS LE DIVORCE, MAIS BON.
MMH...
Je le prenais pour un type qui avait du mal à se lâcher en compagnie d'autres personnes,
Mais en fait, il ne se gêne pas pour parler de sa vie privée...
Au moins, il est hétéro, donc on ne se prendra pas la tête sur des histoires d'amour.
Si c'est possible, je voudrais vivre ici le plus tranquillement possible.
POURQUOI TU ME REGARDES COMME ÇA ?
SURSAUTE
SI TU AS RENCONTRÉ NARU DANS SON BAR, ÇA VEUT DIRE QUE TU PRÉFÈRES LES HOMMES, PAS VRAI ?
EST-CE QUE TU M'IMAGINES DÉJÀ EN TRAIN DE TE TOMBER DANS LES BRAS ?

DANS CE CAS, TROUVONS UNE AUTRE CONDITION...
JE RIGOLE.
TU N'AS PAS À T'INQUIÉTER POUR ÇA, PROMIS.
コト
POC
TIENS.
ポン
PLOP
ON VA BOIRE UN COUP POUR SCELLER NOTRE PACTE.
SOUPIR...
JE VAIS ME CHANGER D'ABORD, ALORS.
TU N'AS PERSONNE D'AUTRE AVEC QUI BOIRE, À PART NARU ?
BEN... DEPUIS QUE J'AI DIVORCÉ, C'EST DIFFICILE D'INVITER DES GENS À BOIRE AVEC MOI.

ET POUR LES DÉCHETS, JE LES JETTERAI MÊME SI ÇA M'ÉNERVE.
POUR LE TRAVAIL AUSSI...
QUAND TU SERAS À L'APPARTEMENT, JE M'INSTALLERAI DANS MA CHAMBRE. ÇA TE VA ?
C'EST QUOI CETTE HISTOIRE ?
TU... TU VEUX QUE JE BOIVE AVEC TOI ?
JE TRAVAILLE, DONC ÇA NE SERA PAS POSSIBLE TOUS LES JOURS...
PAS GRAVE, ON FERA ÇA QUAND TU POURRAS.
TU AS L'ALCOOL MAUVAIS, ASAHI-SAN ?
Autrement dit, tant que je bois avec lui, il accepte de faire des efforts...?
Si ça se trouve, il a l'alcool mauvais
↓
Je ne pourrai pas boire avec lui
↓
Il prendra ce prétexte pour briser sa promesse
PEUT-ÊTRE QU'IL ESSAIE DE ME ROULER...
HMM ? QUI SAIT...

*Alcool de riz

EN PLUS, C'EST JUSTE PROVISOIRE, LE TEMPS QUE JE RETROUVE UN AUTRE APPARTEMENT.
C'EST UN DÉTAIL À PRENDRE ÉGALEMENT EN CONSI-DÉRATION.
DONC, JUSTE PARCE QUE C'EST TEM-PORAIRE, JE SUIS CENSÉ M'ADAPTER, C'EST ÇA ?
T'AS UN SACRÉ TOUPET, DIS DONC.
Non seulement il est arrogant, mais en plus, il essaie de me manipuler pour me faire croire que c'est de ma faute.
Fait chier...
DANS CE CAS...
LÈVE...
TAP
TAP
CLAC
CLAC
?

AAH... C'EST TOI QUI AS RANGÉ LE SALON, ALORS ?
BRAVO.
Quel ton condescendant !
POUF
ET DONC ?
QU'EST-CE QUE J'Y GAGNE ?
PUISQUE TU VEUX QUE JE CHANGE DE STYLE DE VIE, TU DOIS BIEN AVOIR UNE COMPENSATION À M'OFFRIR.
APRÈS TOUT, JE PAIE MON LOYER, ET EN PLUS, ÇA FAIT DÉJÀ TROIS ANS QUE JE VIS ICI.
JE SUIS DÉSOLÉ QUE TU TE SOIS RETROUVÉ IMPLIQUÉ DANS UN DES CAPRICES DE NARU,
MAIS JE NE VOIS PAS POURQUOI JE CHANGERAIS D'ATTITUDE POUR TOI ALORS QUE TU ES ARRIVÉ APRÈS MOI.
J'ARRIVE PAS À CROIRE QU'IL PRENNE COMME EXCUSE LE FAIT D'ÊTRE ARRIVÉ AVANT...
DANS CE CAS, ASAHI-SAN, POURQUOI EST-CE QUE TU NE RÉFLÉCHIRAIS PAS AU GENRE DE COMPENSATION QUE TU VOUDRAIS ?
ON ESSAIERA DE TROUVER UN ARRANGEMENT.

PARLER DE QUOI ?
IL SE TROUVE QU'ON PARTAGE CET APPARTEMENT TOUS LES DEUX, PAS VRAI ?
ET JE VOUDRAIS UTILISER LES PARTIES COMMUNES, MOI AUSSI.
TU PEUX LES UTILISER. OÙ EST LE PROBLÈME ?
LE PROBLÈME, C'EST QUE QUAND JE REGARDE LA TÉLÉ OU QUE JE CUISINE, JE PRÉFÈRE ÊTRE DANS UN ENDROIT PROPRE.
MAIS QUAND TU FAIS COMME CHEZ TOI ET QUE TU ÉTALES TES AFFAIRES PARTOUT, ÇA NE M'AIDE PAS À ME DÉTENDRE.
POF
FHHHH...
AUTREMENT DIT, TU M'INTERDIS DE PROFITER DE CETTE PIÈCE ?
CE N'EST PAS DU TOUT CE QUE J'AI DIT.
MAIS JE VOUDRAIS AU MOINS QUE TU JETTES TES DÉCHETS ET QUE TU RANGES TES AFFAIRES.
ET POUR LE TRAVAIL... SI C'EST POSSIBLE, JE PRÉFÉRERAIS QUE TU TRAVAILLES DANS TA CHAMBRE.

TCHAC
TAC
TAC
TAC
DES MAQUETTES DE MAISONS ?
IL EST ARCHITECTE ?
TAC
TAC
ASAHI-SAN, EST-CE QU'ON PEUT PARLER UN INSTANT ?

CLAC!
POURQUOI C'EST MOI QUI DOIS FAIRE TOUT ÇA ?!
Ce vieux con laisse tout le boulot à la femme de ménage ou quoi ?!
SCHLACK
C'est n'importe quoi !
SCHLACK
SCHLACK
Moi, j'ai pas envie qu'on pense que je suis un cochon !
FLOUP
En plus, je suis tellement occupé par le travail en ce moment que j'ai même pas le temps d'aller voir une agence de location !
Et Naru qui est parti quelque part à l'étranger, soit pour le boulot ou pour ses vacances, et qui ne revient pas !!
FLOUP
TIENS ? MAIS POURQUOI JE SUIS VENU ICI, MOI, DÉJÀ ?
AH OUI, C'EST VRAI, J'AI ÉTÉ APPÂTÉ PAR LA TECHNOLOGIE DERNIER CRI...
!!!
BAM !
FINALEMENT, JE SUIS ENCORE PLUS STRESSÉ QUE QUAND J'ÉTAIS DANS MON ANCIEN APPART !!

GRR...

C'EST QUOI, CE BORDEL ?
Je déteste ce genre de trucs...
Il peut pas jeter ses déchets une fois qu'il a fini de manger ?!
Ça l'aurait tué d'aller jusqu'à la poubelle ?!
GRR GRR GRR GRR GRR GRR GRR GRR GRR GRR GRR GRR GRR
EN PLUS, LA TABLE BASSE DANS LE SALON EST EN BORDEL AUSSI !
GRRRR...
C'est seulement mon deuxième jour de colocation et je suis déjà en train de péter les plombs...
ZZZZZ...
C'EST PAS MOI QUI VAIS NETTOYER ÇA.

Quand j'entends quelqu'un me parler de sa vie pleine de bonheur avec un partenaire irremplaçable...
Pour être honnête...
J'ai l'impression d'être en train d'écouter un conte pour enfants.
LA SAISON DES FLEURS DE CERISIERS EST PRESQUE TERMINÉE,
MAIS LES NUITS SONT ENCORE FRAÎCHES...
Pour moi, ce serait comme de vouloir atteindre ces étoiles...
C'est un monde trop différent, trop éloigné de moi.

JE SAVAIS SIMPLEMENT QUE SI ON SE REVOYAIT ENTRE-TEMPS, J'AURAIS ÉTÉ INCAPABLE DE LE LAISSER REPARTIR.
BROUHAHA
JE RISQUAIS DE NE PENSER À RIEN D'AUTRE QU'AU FAIT DE VOULOIR LE GARDER À MES CÔTÉS...
BROUHAHA
ET JE VOULAIS À TOUT PRIX ÉVITER DE FAIRE ÇA.
JE TIENS À RESPECTER LES CHOIX QU'IL FAIT...
C'EST LA SEULE FAÇON DE L'AVOIR TOUT ENTIER POUR MOI.
T'AS VRAIMENT CHANGÉ, IKU.
AH BON ? EN QUOI ?
EN TOUT.
HI HI...
HÉ, VOUS DEUX, QU'EST-CE QUE VOUS MARMONNEZ DANS VOTRE COIN, LÀ ?
OH, RIEN...
IKU VOULAIT JUSTE ME BASSINER AVEC LA PERSONNE QU'IL AIME, C'EST TOUT.
AH BON ?!
HA HA HA !
HOZUMI-SAN !!

IKU !! TU ES LE SEUL À T'INQUIÉTER POUR MOI !!
POUF
GEH !
J'ai vraiment un bon petit kôhai !
SI T'AS VRAIMENT DE LA PEINE POUR MOI, ALORS AIDE-MOI À ME LIBÉRER DE MON STRESS !!
FRUTSCH
Ça ira, merci !
N'EMPÊCHE, JE T'ENVIE QUAND MÊME D'ÊTRE EN COLOCATION...
JE VOIS PAS POURQUOI TU M'ENVIES...
EN FAIT, J'AI DÉMÉNAGÉ HIER...
MAIS MON COLOCATAIRE EST VRAIMENT DÉSAGRÉABLE...
AH BON ?
C'EST RARE QU'IL Y AIT QUELQU'UN QUI ARRIVE À T'AGACER, HOZUMI-SAN.
OH !
BROUHAHA
C'EST VRAI, TON BIEN-AIMÉ REVIENT BIENTÔT DE NEW YORK, C'EST ÇA ?
ABSOLUMENT !!
ÇA FAIT UN MOMENT QUE JE ME DIS QUE J'AIMERAIS BIEN VIVRE AVEC YÔSUKE...
JE SUIS SÛR QUE C'EST LE MANÈGE ENCHANTÉ DANS SA TÊTE...
BROUHAHA
MAIS TU CROIS QU'ITÔ-KUN SERA D'ACCORD POUR ÇA, LUI ?
APRÈS TOUT, IL T'A LAISSÉ EN PLAN PENDANT DEUX ANS ALORS QU'IL SAVAIT QU'IL ALLAIT TERRIBLEMENT TE MANQUER.
IL NE M'A PAS LAISSÉ EN PLAN !
BROUHAHA
BROUHAHA

JE DÉCLARE OUVERTE LA RÉUNION DES ANCIENS ÉLÈVES DU CLUB ALL SPORTS DE LA FAC M, TENUE POUR LA PREMIÈRE FOIS DEPUIS TROIS ANS !
BROUHAHA
SANTÉ !!
CLAC
Quel connard... Il squatte le salon sans interruption depuis.
JE PEUX MÊME PAS TOUCHER AU HOME CINÉMA PENDANT MES JOURS DE REPOS !
EN PLUS, IL FUME DANS L'APPART SANS MÊME SE PRÉ-OCCUPER DE SAVOIR SI ÇA ME DÉRANGE OU PAS !
QUAND IL EST LÀ, J'AI MÊME PAS ENVIE DE METTRE LE PIED DANS LA CUISINE NON PLUS.
SOUPIR...
BAM
HOZUMI-SAN, TU BOIS DRÔLEMENT VITE...
QUELQUE CHOSE NE VA PAS ?

BAH, APRÈS TOUT...
LA COLOCATION SERA JUSTE TEMPORAIRE...
Autant profiter de la chance de vivre dans un endroit pareil tant que c'est possible !
Je vais profiter de cette vie de luxe, croyez-moi !
POUF
TAP
EXCUSE-MOI,
MAIS JE TRAVAILLE SUR CETTE TABLE. TU VEUX BIEN ME LAISSER LA PLACE ?

MOI, JE VAIS CONTINUER À VIVRE MA VIE COMME D'HABITUDE, DONC TOI AUSSI, FAIS COMME CHEZ TOI.
SIGNE
TAP
TAP
EH.
CLAC
AH...
SOUPIR...
CELUI-LÀ, ALORS...
FAUT QU'IL ARRÊTE DE RAMENER CHEZ LUI SUR UN COUP DE TÊTE TOUS LES MECS QUI LUI PLAISENT...
JE VEUX BIEN, MAIS BON...
Je savais pas que j'allais faire une colocation avec un inconnu total...
En plus, j'ai déjà donné mon préavis de l'autre côté...
Je savais qu'il y avait anguille sous roche !!
JE SUIS SÛR QU'IL A FAIT EXPRÈS DE ME CACHER QUE JE DEVRAIS VIVRE AVEC QUELQU'UN... IL S'AMUSE DE ME VOIR SOUFFRIR, LE SADIQUE !!
CLAC
JE ME SUIS FAIT APPÂTER PAR SA TECHNOLOGIE DERNIER CRI !! QUEL IDIOT !
Un ange ?! C'est plutôt un démon, oui !!

FIXE...
NARU, TU M'AS DIT QUE T'AVAIS PAS D'AMANT ICI...
DÉSOLÉ MASATO, J'AVAIS COMPLÈTEMENT OUBLIÉ L'EXISTENCE DE CE TYPE !
TOUT IRA BIEN ! ASAHI EST UN DE MES AMIS.
NE T'INQUIÈTE PAS, IL NE MORD PAS.
Rassure-toi !
C'EST PAS LE PROBLÈME...
AH !!
IL FAUT QUE J'Y AILLE ! JE VAIS LOUPER MON AVION.
Ton avion ?!
ATTENDS ! EXPLIQUE-MOI, AU MOINS...
POUR LES DÉTAILS, VOIS AVEC ASAHI ! ET SOYEZ SYMPAS L'UN AVEC L'AUTRE !
Je te ramènerai un souvenir !
TCHAC !
ATTENDS !! NARU !!

Y'EN A DU BRUIT, DANS C'TE BARAQUE...
GRATTE
GRATTE
AH, C'EST TOI, NARU ? T'ES RENTRÉ ?
TU VIENS SEULEMENT DE TE RÉVEILLER ?
J'AI EU UNE RÉUNION QUI A DURÉ TOUTE LA NUIT...
J'ai pas assez dormi.
EUH... QUI EST-CE ?
LUI ? C'EST ASAHI ! IL HABITE ICI DEPUIS UN BAIL.
BÂILLE...
ASAHI, JE T'EN AVAIS PARLÉ, NON ?
VOICI MASATO, IL VA VIVRE ICI AVEC TOI À PARTIR D'AUJOURD'HUI.
QUOI ?!

MASATO, TU ADORES TOUS LES DERNIERS GADGETS DU MOMENT, HEIN ?
Quel design épuré...
MOI, JE COMPRENDS RIEN À TOUS CES TRUCS, JE LAISSE D'AUTRES GENS S'EN CHARGER POUR MOI.
Mais je suis content que ça te fasse de l'effet.
JE NE VIENS PAS TRÈS SOUVENT ICI, DONC UTILISE TOUT CE QUE TU VEUX, FAIS-TOI PLAISIR !
MERCI, NARU !!
JE SUIS DÉSOLÉ D'AVOIR DOUTÉ DE TOI !
Tu es mon petit ange personnel !
取扱説明
TCHAC
AH OUI, AU FAIT...
J'AI OUBLIÉ DE TE LE DIRE, MAIS IL Y A QUELQU'UN D'AUTRE QUI VIT ICI...
MH ?
BAM

TU N'AS QUE ÇA COMME BAGAGES ?
JE N'AI PAS VOULU ME CHARGER... C'EST SEULEMENT JUSQU'À CE QUE JE TROUVE UN NOUVEL APPART.
J'ai mis le reste de mes affaires dans un box de stockage.
OUAH !
QUEL BEL APPART !
COMME TU AS DIT QUE C'ÉTAIT TA RÉSIDENCE SECONDAIRE, JE PENSAIS QU'IL SERAIT PLUS PETIT QUE ÇA.
C'EST SUPER PROPRE, EN PLUS ! TU VIENS FAIRE LE MÉNAGE ICI JUSQU'À EN AVOIR DES AMPOULES, OU QUOI ?
Le sol brille !
Ouh là !
TU RÊVES ? QUELQU'UN VIENT FAIRE LE MÉNAGE TOUTES LES SEMAINES.
DU COUP, IL A ÉTÉ FAIT HIER À PEINE.
Je lui ai demandé de faire le ménage tous les vendredis après-midi.
N'EMPÊCHE, UNE SECONDE RÉSIDENCE...
AAAH !
VOILÀ LA FAMEUSE TÉLÉ 4K UHD...!
J'suis trop jaloux !
OUAAH !! T'AS MÊME UNE BARRE DE SON BOSE !!
わぁあああOOOOあああOOOH !!ああ
ET T'AS LE DERNIER PURIFICATEUR D'AIR QUI EST SORTI !!

C'EST PARCE QUE T'AS TOUJOURS UNE IDÉE DERRIÈRE LA TÊTE.
TU AS PRIS LES MAUVAISES HABITUDES DE QUELQU'UN, ON DIRAIT.
AU FAIT, L'AUTRE JOUR, ON M'A RECOMMANDÉ UNE TÉLÉ,
ALORS J'EN AI ACHETÉ UNE NEUVE.
BOBOM...!
UNE TÉLÉ 195 CM OLED 4K...
ULTRA HAUTE DÉFINITION.
TU PEUX UTILISER LA CHAMBRE D'AMIS À DROITE DANS LE COULOIR, MASATO.
OK, MERCI BEAUCOUP.

BREF, AU LIEU DE PARLER DE VIEUX SOUVENIRS...
À plus !
GLING
MASATO, SI TU NE TE SENS PAS BIEN DANS TON APPARTEMENT, POURQUOI TU NE VIENDRAIS PAS CHEZ MOI ?
J'AI UNE CHAMBRE DE LIBRE.
C'EST VRAI QUE J'AI PENSÉ À DÉMÉNAGER, MAIS JE N'AI PAS ENVIE D'ALLER HABITER CHEZ TOI, NARU-CHAN...
EN PLUS, TU VIS PAS AVEC TES AMANTS ?
Ça a beau être insonorisé, j'entendrai quand même.
Et c'est un penthouse.
C'EST PAS MES AMANTS, C'EST MES AMOURS.
ET JE TE PARLE DE MA RÉSIDENCE SECONDAIRE À MEJIRO, DONC ILS NE SERONT PAS LÀ. EN PLUS, C'EST PLUS PROCHE DE TON TRAVAIL, NON ?
APRÈS TOUT...
PENDANT TOUTES CES ANNÉES, NARU M'A TOUJOURS AIDÉ...
J'AI L'IMPRESSION QUE CE SERAIT TROP BEAU POUR ÊTRE VRAI...
QUAND TU FAIS CETTE TÊTE-LÀ, C'EST QUE TU COMPLOTES QUELQUE CHOSE, NARU.
HEIN ? MOI ?
?
JE VOIS, JE VOIS... PAUVRE MASATO, TU ES TELLEMENT STRESSÉ QUE TU DEVIENS INCAPABLE D'ACCEPTER LA GENTILLESSE DES AUTRES.
MAIS MOI, SI JE VEUX QUE TU VIENNES CHEZ MOI, C'EST JUSTE POUR QUE TU PUISSES TE REPOSER ET RETROUVER TA TRANQUILLITÉ !
......
CARESSE
CARESSE

ÇA RECOMMENCE...
Et voilà qu'il se remet à flirter...
NARU, MASATO T'AIME BIEN, EN PLUS. TU N'AS QU'À L'HÉBERGER CHEZ TOI.
SURTOUT QUE TU ES SUPER RICHE, VU QUE TU POSSÈDES D'AUTRES BARS.
ALORS JE FERAI PARTIE DE LA COLLECTION D'AMANTS DE NARU ?
C'EST PAS MAL, REMARQUE... PEUT-ÊTRE QU'UN JOUR, IL M'ENGAGERA COMME MANAGER D'UN DE SES BARS.
Et j'aurai plus besoin de m'inquiéter de rien !
NE BLAGUE PAS À CE SUJET, TU SAIS QUE JE TE DONNERAI TOUT CE QUE TU ME DEMANDERAS.
APRÈS TOUT, C'EST MOI QUI T'AI INITIÉ AUX SUBTILITÉS DU MONDE DES GAYS.
QUAND J'AI RENCONTRÉ MASATO, IL ÉTAIT TELLEMENT MIGNON !
IL SE TENAIT DEVANT LE BAR SANS OSER ENTRER... IL ÉTAIT ENCORE TELLEMENT INNOCENT.
SÉRIEUX ?! JE VEUX DES DÉTAILS !!
ARRÊTE AVEC CETTE HISTOIRE, ÇA DATE D'IL Y A DES SIÈCLES.
TOUTE MON INNOCENCE A DISPARU DEPUIS LONGTEMPS.
PEUT-ÊTRE, MAIS T'ES ENCORE SUPER MIGNON.
C'EST ÇA, C'EST ÇA, MERCI !
HA HA HA !

AU MOINS, ÇA M'A SERVI D'EXPÉRIENCE.
JE T'AI DONNÉ PAS MAL DE PLAISIR QUAND ON A COUCHÉ ENSEMBLE, PAS VRAI ?
Espèce de vantard...
OUAIS, C'EST VRAI QUE T'ES DOUÉ, MASATO.
MASATO N'A PAS BESOIN DE SEXE, POUR L'INSTANT.
IL A BESOIN D'UN ENDROIT OÙ IL POURRA SE DÉTENDRE EN PAIX, PAS VRAI ?
AH...
CLAC
OUAIS, MAIS BON, C'EST PAS TROP MON TRUC.
AH OUAIS ?
DÉSOLÉ DE TE DÉCEVOIR, MAIS NON, J'AI DÉJÀ ESSAYÉ.
C'est quoi, cette tête ?
PAUVRE MASATO...
ÇA SE VOIT QUE TU ES STRESSÉ. TU AS PLUS MAUVAISE MINE QUE D'HABITUDE.
FUIP
BOBOM
MH...
NARU...
ÇA SUFFIT.

HUM...
SI TU VEUX, MAIS MOI, DANS UNE RELATION SEXUELLE, JE SUIS ACTIF.
TU ES SÛR QUE TU AS ENVIE D'ÊTRE PASSIF AVEC MOI ?
AH BON, JE VOIS...
C'est dommage.
BYE
BYE
SALUT, MASATO, ÇA VA ?
POF
AH, RITSU. T'AS RENDEZ-VOUS AVEC TON COPAIN ?
Ouaip.
Tiens ?
NARU, TU SERS DIRECTEMENT LES CLIENTS, AUJOURD'HUI ? C'EST TON RÔLE, EN TANT QUE PROPRIO DU BAR ?
Pas vraiment, mais...
MON EMPLOYÉ HABITUEL A LA GRIPPE, JE LE REMPLACE EN URGENCE.
AH BON... J'AI DU BOL DE TE VOIR CE SOIR, ALORS !
Je veux un Moscow Mule !
LE MEC AVEC QUI TU PARLAIS TOUT À L'HEURE, C'EST TOUT À FAIT MON GENRE.
Et ton copain ?
NYARK
NYARK
Y'A PLEIN DE GENS QUI AIMERAIENT COUCHER AVEC TOI SI TU ÉTAIS PASSIF, MASATO... T'AIMERAIS PAS ?
T'ES ENCORE PUCEAU PAR DERRIÈRE, DU COUP ?

LA FAMILLE QUI A EMMÉNAGÉ À L'ÉTAGE DU DESSUS A TROIS ENFANTS, C'EST ÇA ?
C'EST NORMAL QU'ILS FASSENT UN PEU DE BRUIT, DU COUP, TU CROIS PAS ?
OUAIS. MAIS QUAND TU RENTRES DU TRAVAIL ET QUE T'ES CREVÉ, OU QUE T'ESSAIES DE TE REPOSER PENDANT TES JOURS DE REPOS, C'EST CHIANT.
EN PLUS, UNE FOIS QUE ÇA COMMENCE À TE FAIRE CHIER, ÇA NE VA JAMAIS EN S'ARRANGEANT.
J'ai appelé pour les signaler, mais rien à faire.
TU COMPRENDS MA DOULEUR, ALORS ?
BIEN SÛR.
TU VEUX PAS QU'ON CONTINUE CETTE CONVERSATION DANS UN ENDROIT PLUS CALME ?
GLISSE
EH...

BAM
ドン
BAM
ダン
ダン
ET VOILÀ QUE ÇA RE-COMMENCE...
CLAC
カラララ
TCHAC !
ガチャッ
BAM
ダダダッ
BAM
BAM
BAM
ドタドタ
......
BOM
ドン
BOM
ドドン
......!!
UN DINOSAURE.
C'EST PAS UN GAMIN, C'EST UN DINOSAURE.

Episode 1

LOVENEST

PLIIIIC...
トポポポポポ！…
Y'A PAS À DIRE, DELONGHI A VRAIMENT SORTI UNE SUPER MACHINE À CAFÉ.
JE SUIS CONTENT D'AVOIR ACHETÉ LA VERSION AUTOMA-TIQUE SUR UN COUP DE TÊTE.
Les matins de mes jours de congé, je me réveille tard...
Je n'ai pas à m'inquiéter de quoi ni de qui que ce soit.
Je peux profiter du calme et de la solitude... Bref, des ma-tinées comme je les aime.
BOM
ドタ
BOM
ドタ
OUII IIIIINN NNNN !!
BOM
ドタ
Mais ça, c'était avant.
STOP...
フッ

YUU MINADUKI

Marié Kuroda

30 ans. C'était une camarade de Masato à l'époque de l'université. Comme elle est lesbienne et que Masato est gay, ils ont fait croire qu'ils sortaient ensemble pour détourner les soupçons. Elle connaît Masato sur le bout de doigts. Elle vit avec sa compagne.

Yôsuke Itô

26 ans, travaille chez Yotsumoto. À cause de certaines choses qui se sont passées entre lui et Masato, il ressent une certaine hostilité envers lui. Il a longtemps vécu un amour à sens unique pour Arimura, jusqu'à ce que ses sentiments soient finalement réciproques.

Ikuo Arimura

28 ans, travaille dans un centre commercial. Masato était un de ses sempais à l'université. Ils s'apprécient beaucoup. C'est quelqu'un au caractère enjoué, mais quand on touche à son petit ami Yôsuke, il devient incontrôlable.

Masato Hozumi

30 ans, ingénieur système. Travaille actuellement chez Yotsumoto. Il aime faire des blagues et il est sociable, mais à cause d'une blessure d'amour qui n'a jamais guéri, il passe de partenaire en partenaire sans jamais se poser.

D'abord «Sayonara Game», puis «Change World» et maintenant «Lovenest».

Change World 1 et 2

Un an après la fin de Sayonara Game, un ancien sempai d'Arimura à l'université, Masato, débarque brutalement dans la vie d'Arimura et de Yôsuke.
À partir de là, les choses se corsent…